Contos de
Guy de Maupassant

Contos de
Guy de Maupassant

Seleção, tradução e adaptação: Maria Viana
Ilustração: Ricardo Costa

O Encanto do Conto

DIRETOR EDITORIAL: Raul Maia

EDITORA: Daniela Padilha

CONCEPÇÃO DA COLEÇÃO: Maria Viana

TRADUÇÃO: Maria Viana

REVISÃO DE PROVAS: Nair Hitomi Kayo
Ana Paula dos Santos

Fernando Peres Penteado

ELABORAÇÃO DO GLOSSÁRIO: Neide Tomiko Takahashi

PESQUISA ICONOGRÁFICA: Maria Viana

DIAGRAMAÇÃO: aeroestúdio

Texto em conformidade com as regras do novo Acordo Ortográfico da Língua Portuguesa.

Contos traduzidos das obras Guy de Maupassant *Contes cruel et fantastiques*, col. Les classiques modernes. Librarie générale française, 2004 (*Lettre d'u fou, Le horla, La nuit, La morte, Apparition*) e *Le horla et autres conte d'angoise*. Paris: flammarion, 1984 (La main d'écorché).

Dados Internacionais de Catalogação na Publicação (CIP)
(Câmara Brasileira do Livro, SP, Brasil)

Maupassant, Guy de, 1850-1893.
Contos de Guy de Maupassant / seleção,
apresentação e textos complementares Maria Viana;
[ilustrações Ricardo Costa]. – São Paulo :
DCL, 2015. — (Coleção O encanto do conto).

ISBN 978-85-368-0785-0

1. Contos – Literatura juvenil. I. Viana, Maria.
II. Costa, Ricardo III. Título. IV. Série.

CDD – 028.5

Índices para catálogo sistemático:

1. Contos : Literatura juvenil 028.5

1ª edição · maio · 2015

DCL – Difusão Cultural do Livro Ltda.
Av. Marquês de São Vicente, 446, Cj. 1808 – Barra Funda
CEP 01139-000 – São Paulo/SP
Tel.: (0xx11) 3791-9564
www.editoradcl.com.br

Sumário

MAUPASSANT, UM MESTRE DO CONTO

Ao longo de sua curta e profícua carreira, Guy de Maupassant escreveu mais de trezentos contos, dos quais selecionamos seis para figurar nesta seleção. Temas como a loucura, o medo e a angústia têm força singular na construção narrativa desse escritor francês. Por isso, nesta antologia você perceberá que o terror, ou o apavorante, predomina.

Além disso, os narradores criados por Maupassant têm a genuína habilidade de conduzir o leitor de tal forma dentro da história, que ele experimentará uma emoção, geralmente um pavor bem próximo do vivido pela própria personagem. Esses narradores sempre deixam uma dúvida pairando no ar, uma lacuna entre o estranho e o fantástico, entre a razão e a loucura, fazendo assim instaurar-se o suspense.

Ao ler as seis histórias reunidas nesta antologia, você notará que todas têm em comum elementos fantásticos, algumas inclusive sendo consideradas contos de suspense e terror. Notará também que o foco narrativo, ou seja, o ponto de vista do qual a história é contada, é que determina esse suspense. Maupassant introduziu em muitos de seus contos elementos da oralidade e uma de suas grandes habilidades foi justamente criar histórias em que aparecem vários níveis de narração dentro do mesmo texto. Algumas são construídas em forma de diário, outras de carta, e há também aquelas contadas por um narrador que presenciou o fato de uma posição privilegiada.

Abrimos esta antologia com "Carta de um louco", narrativa escrita em forma de carta, dirigida por um paciente ao seu médico. A correspondência tem início com o relato da vida simples e comum que o protagonista levava, até deparar-se com uma frase de Montesquieu que mudou sua percepção do mundo.

Nesse conto, o narrador tenta demonstrar a gênese da própria loucura, mas de forma tão articulada que, apesar de ser um texto ficcional, prevalece um tom de documento científico. Na primeira parte da história, o narrador lança mão tanto de preceitos da filosofia clássica, ao citar Montesquieu, quanto de descobertas científicas de sua época para discorrer sobre os limites dos sentidos do ser humano. Há tal rigor formal na condução do pensamento, e as deduções são tão bem elaboradas, que o leitor sai do conto se perguntando se a personagem é um louco ou um sábio.

Essa narrativa inicia a antologia porque, a nosso ver, as reflexões sobre os sentidos nela apresentadas abrem caminho para entender a produção da maioria dos contos fantásticos de Maupassant.

Em muitas de suas histórias, o medo é apresentado como uma reação fisiológica que provoca a desestruturação da consciência. É como se a percepção das coisas perturbasse o princípio da causalidade racional. Talvez por isso as definições sensoriais ocupem tanto espaço em algumas narrativas, como em "Carta de um louco", "O horla" e "A noite".

"O horla" é um de seus contos mais conhecidos e estudados e sua gênese já estava delineada em "Carta de um louco". Há duas versões dessa narrativa: a primeira é de 1886, e a segunda, de 1887. Nessa história, o leitor acompanha o relato de um homem, até então completamente cioso de suas capacidades mentais, transformar-se ao perceber a presença de um "ser invisível", nomeado por ele de Horla.

A respeito do nome Horla, há muitas explicações sobre a criação dessa palavra por Maupassant, uma delas diz que pode vir de *hors lá*, que em francês quer dizer "o que vem de fora". Se considerarmos o fechamento da narrativa, quando a personagem aponta para a chegada de um ser "estrangeiro" que vem de um lugar desconhecido para ocupar o lugar do homem na terra, essa hipótese se confirma.

Ao ler esse conto, observe a presença da cor branca: o leite, a casa onde mora o narrador, o navio que ele avista navegando no rio, a rosa colhida no jardim pelo misterioso ser. Alguns estudiosos concordam ao afirmar que o branco nas obras de Maupassant sinalizam o perigo, mas nos cabe também acrescentar que essa cor predomina nos ambientes da saúde; hospitais, clínicas, casas de repouso. Então, o perigo também estaria paradoxalmente nos espaços destinados à cura da personagem que paulatinamente perde a razão?

Escrito em primeira pessoa, mas de maneira retrospectiva, em que a personagem volta ao passado para explicar sua situação no presente, o conto "A noite" tem início com a personagem-narradora afirmando ter verdadeira paixão por esse período do dia. Durante uma de suas caminhadas noturnas pelas ruas de Paris, percebe que, de repente, tudo foi ficando silente, escuro, paralisado.

Nessa narrativa, todos os aspectos apresentados, inclusive o subtítulo, pesadelo, nos levam a pensar que estamos diante do relato de um sonho ruim. No entanto, não há indício de que o sonhador tenha despertado daquela noite interminável. A própria personagem diz a certa altura: "Mas como explicar o que me aconteceu? Como até mesmo tornar compreensível para que possa contá-lo?".

Ao lê-lo, observe que, como nos dois contos anteriores, os cinco sentidos têm muita importância. A caminhada da personagem por Paris começa bem depois do jantar (paladar). Pontos importantes da cidade são descritos minuciosamente em sua beleza (visão). Os ruídos vão paulatinamente dando lugar a um silêncio angustiante (audição). Ao final do conto, quando a cidade mergulha na escuridão absoluta, é tateando que a personagem reconhece os lugares e toca nas águas do rio para senti-lo quase morto (tato).

O quarto conto, "A morta", mostra o sofrimento de um jovem diante da morte misteriosa de sua amante. Certa noite, desolado com a ausência da amada, dirige-se ao cemitério onde presencia cenas horripilantes. Escrita em primeira pessoa, essa narrativa tem vários elementos fantásticos, como as situações que a personagem presencia no cemitério. Também é importante observar a presença do espelho na narrativa, objeto este que é fundamental também na construção de "Carta de um louco" e "O horla". É quando se vê refletido no espelho, onde a amada tantas vezes se olhara, que o amante resolve dirigir-se ao cemitério.

Mas no desfecho do conto, quando o narrador-personagem descobre a verdadeira causa da morte da amada e constata toda a hipocrisia da qual fora vítima, somos colocados diante do grande dilema: o outro é digno de nossa confiança? Nesse fechamento, elementos fantásticos são usados para denunciar a verdade acobertada no plano da realidade, não só pela jovem amante, mas por outros ali enterrados.

Para fechar esta seleção, incluímos duas histórias que são grandes representantes do conto de terror: "A aparição" e "A mão esfolada".

A primeira história é contada pelo marquês de La Tour-Samuel, um senhor de 82 anos, para um grupo de mulheres. Em 1827, quando servia em Rouen, ele reencontra um grande amigo que não via há muito anos. O jovem parecia doente e lhe conta que perdera recentemente a mulher amada. Desde então, mudara-se do castelo onde fora tão feliz com ela para uma pequena casa na cidade. Ao encontrar o velho amigo, pede-lhe um favor: que vá à sua antiga moradia, entre em determinado aposento, abra uma gaveta e de lá lhe traga três pacotes de cartas e documentos. A empreitada parece simples, mas no antigo quarto do casal, o protagonista-narrador terá uma experiência ímpar, que o marcará para o resto da vida.

No conto "Aparição", a história também é narrada pela personagem a um grupo de pessoas, como feito em "O horla", mas, nesse caso, trata-se de um grupo de mulheres e não de cientistas. É interessante observar que o narrador é nobre, militar e tem 82 anos de idade. Portanto, é um homem corajoso, confiável, com reputação acima de qualquer suspeita, características usadas para dar veracidade ao relato fantástico.

A estrutura narrativa desse conto tem vários elementos do conto maravilhoso: 1. O herói, no caso o marquês. 2. Recebe uma missão, ir em busca das cartas. 3. Em um lugar desconhecido, o castelo, mas antes de chegar lá, passa por uma floresta. 4. Enfrenta a resistência imposta por algo ou alguém, o jardineiro que não quer deixá-lo entrar. Até esse ponto, tudo está dentro da forma da narrativa clássica do conto maravilhoso, mas, de súbito, Maupassant habilmente inverte as regras do jogo.

A jovem encontrada pelo herói no castelo não é uma princesa que deve ser libertada pelo cavaleiro. Trata-se de uma aparição, de um fantasma, e a última prova que deverá ser enfrentada pelo herói é justamente pentear um ser inominável, tocar em uma gélida cabeleira e trançá-la. Portanto, o prêmio recebido não é a fortuna, nem a mão de uma princesa, mas a capacidade de enfrentar seu próprio pavor diante do desconhecido.

Já "A mão esfolada" narra o triste final de um jovem que adquire uma mão assustadora, que, segundo ele, pertencera a um célebre criminoso, supliciado em 1736. Os amigos tentam dissuadi-lo da ideia de manter sob seus cuidados aquela *coisa horripilante*. Pierre insiste em guardá-la consigo para assustar seus credores e acaba tendo uma morte misteriosa Esse conto foi o primeiro publicado pelo escritor e nosso intuito ao incluí-lo nesta seleção é justamente mostrar ao leitor quanto do grande mestre contista que foi Maupassant já estava presente no início de sua produção literária.

Para produzir no leitor a sensação de que a história é verdadeira, em "A mão esfolada" os fatos são apresentados por um narrador privilegiado, que conta o que aconteceu a um amigo muito próximo, conhecido por ele desde a infância. Vale ressaltar também que, para dar mais veracidade aos fatos, o narrador lê as informações sobre os acontecimentos em artigos de jornal. Como em outros contos desta seleção, o final fica em aberto. Cabe ao leitor decidir se Pierre foi mesmo vítima de seu tesouro macabro.

Esperamos que a leitura dessas histórias do mestre francês desse gênero tão peculiar chamado conto, "de tão difícil definição, tão esquivo nos seus múltiplos e antagônicos aspectos, e, em última análise, tão secreto e voltado para si mesmo, caracol da linguagem, irmão misterioso da poesia em outra dimensão do tempo literário",[1] encontre ressonância em seu imaginário e sua sensibilidade.

[1] *Júlio Cortazar*, Alguns aspectos do conto. In: *Valise de cronópio*. São Paulo: Perspectiva, 2004, p. 149.

CARTA DE UM LOUCO

Meu caro doutor, coloco-me em suas mãos. Faça de mim o que achar melhor.

Vou contar-lhe francamente qual é o meu estranho estado de espírito para que o senhor avalie se é melhor internar-me por algum tempo em uma casa de repouso em vez de deixar-me preso às alucinações e aos sofrimentos que me dilaceram.

Eis a história, longa e exata, do mal singular da minha alma.

$$\bullet \ \bullet \ \bullet$$

Eu vivia como todo mundo, olhando a vida com os olhos abertos e cegos do homem, sem espantar-me e sem compreender. Vivia como vivem os animais, como vivemos todos, cumprindo as funções da existência. Examinando e crendo ver, crendo saber, crendo conhecer aquilo que me cerca, até que um dia percebi que tudo é falso.

Foi uma frase de Montesquieu[1] que iluminou bruscamente meu pensamento. Ei-la: "Um órgão a mais ou a menos em nossa máquina nos teria dotado de outra inteligência (...). Enfim, todas as leis estabelecidas sobre essa nossa máquina seriam, de certa maneira, diferentes se ela não fosse como é".

Refleti sobre isso durante meses, meses e meses, e pouco a pouco uma estranha visão tomou conta mim e essa claridade se fez noite.

De fato, nossos órgãos são os únicos intermediários entre o mundo exterior e nós. Isso quer dizer que o ser interior, que constitui o Eu, entra em contato com o ser exterior, que constitui o mundo, apenas por meio de alguns filamentos nervosos.

Montesquieu[1]: Charles Louis de Secondat, Barão de Montesquieu, nasceu em 18 de janeiro de 1689, no castelo de La Brède, nos arredores de Bordeaux (França). Grande estudioso de ciências naturais, é considerado um dos grandes filósofos do Iluminismo. O escritor refere-se ao texto *L'Essai sur le goût* (Ensaio sobre o gosto), publicado em 1793. (N.T.)

Ora, não só esse ser exterior nos escapa – pelas suas proporções, sua duração, suas propriedades inomináveis e impenetráveis, suas origens, seu devir ou seus fins, suas formas vagas e suas manifestações infinitas –, como nossos órgãos não nos fornecem, sobre a parcela do exterior que nos é acessível, nada mais que informações tão incertas quanto pouco numerosas.

Incertas porque são unicamente as propriedades de nossos órgãos que determinam as propriedades aparentes da matéria.

Pouco numerosas porque nossos sentidos são apenas cinco, e o campo de suas investigações e a natureza das revelações possíveis tornam-se, portanto, bastante restritas.

Já me explico: o olho nos indica as dimensões, as formas e as cores, mas ele nos engana sobre esses três pontos.

Ele não pode nos revelar mais do que objetos e seres de dimensão mediana, proporcionais ao tamanho do corpo humano, e é isso que nos leva a usar a palavra grande para certas coisas e a palavra pequeno para outras, unicamente porque a debilidade do olho não o deixa perceber o que é vasto demais ou muito miúdo para ele. Do que resulta que o olho não sabe e não vê quase nada, que o universo quase inteiro lhe escapa, da estrela que habita o espaço ao animálculo[2] que habita a gota de água.

Mesmo se ele tivesse cem milhões de vezes o seu poder normal, se percebesse no ar que respiramos todas as espécies de seres invisíveis, como aqueles que habitam os planetas vizinhos, existiria ainda numerosas e infinitas espécies de pequenos animais e de mundos longínquos que ele não conseguiria alcançar.

Logo, todas as nossas ideias de proporção são falsas, pois não há limite possível nem para a grandeza, nem para a pequenez.

Animálculo[2]: animal muito pequeno, visível apenas ao microscópio.

Nossa apreciação das dimensões e das formas não tem qualquer valor absoluto, sendo determinada unicamente pelas propriedades de um órgão e pela comparação constante com nós mesmos.

Acrescentemos que o olho é incapaz de ver o transparente. Um vidro sem defeito o engana. Ele o confunde com o ar, que também não pode ver.

Passemos à cor.

A cor existe porque nosso olho está constituído de tal forma que transmite ao cérebro, sob a forma de cor, as diferentes maneiras como os corpos absorvem e decompõem, de acordo com sua composição química, os raios luminosos que incidem sobre ele. Todas as proporções dessa absorção e dessa decomposição constituem as nuances.[3]

Logo, esse órgão impõe ao espírito sua maneira de ver, ou melhor, sua forma arbitrária[4] de constatar as dimensões e de apreciar as relações entre a luz e a matéria.

Examinemos o ouvido.

Mais ainda que pelos olhos, nós somos enganados e logrados por esse órgão fantasista.

Dois corpos, ao se chocarem, produzem um certo tremor na atmosfera. Esse movimento faz vibrar, em nossos ouvidos, uma película[5] que transforma imediatamente em ruído o que, na realidade, era apenas uma vibração.

A natureza é muda. Mas o tímpano possui a propriedade miraculosa de nos transmitir, sob a forma de sensações, e de sensações diferentes segundo a quantidade de vibrações, todos os rumores de ondas invisíveis do espaço.

Essa metamorfose executada pelo nervo auditivo, no curto trajeto do ouvido ao cérebro, nos permite criar uma arte estranha, a música. A música é a mais poética e precisa forma de arte, vaga como um sonho e exata como a álgebra.

Nuance[3]: gradação de cores, tonalidades.
Arbitrário[4]: que apenas depende da vontade daquele que age, que não segue regras ou normas.
Película[5]: membrana que envolve certos órgãos animais ou vegetais; camada de pele muito fina.

O que dizer do olfato e do paladar? Conheceríamos os perfumes e a qualidade das comidas sem as estranhas propriedades do nosso nariz e do nosso paladar?

A humanidade, entretanto, poderia existir sem a audição, sem o paladar e sem o olfato, quer dizer, sem qualquer noção do som, do sabor e do odor.

No entanto, se nos faltassem quaisquer desses órgãos, ignoraríamos coisas admiráveis e singulares, mas, se tivéssemos qualquer órgão a mais, descobriríamos ao nosso redor uma infinidade de outras coisas que jamais poderíamos supor, por não termos meios de constatá-las.

Logo, nós nos enganamos ao julgar o Conhecido e estamos rodeados por um Desconhecido inexplorado.

Portanto, tudo é incerto e apreciável de diferentes maneiras.

Tudo é falso, tudo é possível e tudo é duvidoso.

Formulamos essa certeza nos servindo do velho ditado: "Verdade no lado de cá dos Pirineus,[6] erro no lado de lá".

E diremos: "Verdade para os nossos órgãos, erro ao lado".

Dois mais dois pode não necessariamente resultar quatro fora da nossa atmosfera.

Verdade na Terra, erro mais adiante, de onde concluo que os mistérios entrevistos, como a eletricidade, a hipnose, a transmissão do desejo, a sugestão e todos os fenômenos magnéticos permanecem ocultos, porque a natureza não nos dotou de um órgão, ou órgãos, necessário para compreendê-los.

Depois de haver me convencido de que tudo o que me revelam meus sentidos só para mim existe, por causa da maneira como o percebo, e que tudo seria totalmente diferente para um outro ser organizado de outra maneira; depois de ter concluído que uma humanidade diversa teria sobre o mundo, sobre a vida, sobre tudo, ideias absolutamente opostas às nossas, pois

Pirineus[6]: cadeia de montanhas localizada a sudoeste da Europa, cujos montes formam uma fronteira natural entre França e Espanha. (N.T.)

a concordância sobre as coisas não é mais do que resultado das similitudes dos órgãos humanos e as divergências de opinião são provenientes dessas ligeiras diferenças de funcionamento dos nossos filamentos nervosos, fiz um esforço sobre-humano para conjecturar sobre o impenetrável que nos rodeia.

Estaria ficando louco?

Disse para mim mesmo: "Estou envolvido por coisas desconhecidas". Supus a existência do homem sem os ouvidos e imaginei tantos outros mistérios ocultos como o som, pois o homem constata fenômenos acústicos dos quais ele não pode determinar nem a natureza, nem a procedência. E tive medo de tudo o que me cercava, medo do ar, medo da noite. A partir do momento em que não podemos conhecer quase nada e que tudo é ilimitado, o que resta? O vazio não existe? O que existe no vazio aparente?

E esse terror confuso do sobrenatural, que acompanha o homem desde que o mundo é mundo, é legítimo, pois o sobrenatural nada mais é do que o que permanece velado para nós!

Então, compreendi o apavorante. E pareceu-me que tocava na descoberta de um segredo do universo.

Tentei aguçar[7] meus órgãos, excitá-los, fazê-los perceber, ainda que só por momentos, o Invisível.

Disse para mim mesmo: "Tudo é um ser. O grito que atravessa o ar pode ser comparado a um animal, pois ele nasce, produz um movimento e transforma-se para depois morrer. Ora, o espírito temeroso que acredita em seres incorpóreos[8] não está errado. O que são tais seres?".

Quantos homens os pressentem, apavorados com sua aproximação, trêmulos diante de seu inapreciável[9] contato, ao senti-los perto de si? Mesmo que não se possa distingui-los, pois não temos olhos para vê-los ou outro órgão desconhecido que poderia revelá-los.

Aguçar[7]: estimular, avivar.
Incorpóreo[8]: que não tem corpo.
Inapreciável[9]: que não pode ser avaliado, que não é apreciado.

A partir de então, mais do que ninguém, comecei a sentir, a perceber esses passantes sobrenaturais. Seres ou mistérios? Como sabê-lo? Não poderia dizer o que eles são, mas poderia distinguir sua presença. Mas eu o vi – eu vi um ser Invisível – ainda que não se possa ver esses seres.

Permaneci noites inteiras imóvel, sentado diante de minha mesa, a cabeça entre as mãos, e refletia sobre isso, pensava neles. Com frequência acreditei que uma mão intangível, ou ainda, que um corpo impalpável[10] roçava-me ligeiramente os cabelos. Ele não me tocava, pois não era, em essência, carnal, mas de natureza imponderável[11] desconhecida.

Certa noite, senti que o assoalho de madeira atrás de mim rangia de maneira singular. Estremeci, virei-me. Não vi nada. Não era mais que uma ilusão.

Mas, no dia seguinte, à mesma hora, o mesmo ruído se reproduziu. Senti tanto medo que me levantei, mas seguro, absolutamente seguro de que não estava sozinho no quarto. Porém, nada vi. O ar estava límpido, transparente por toda parte. Meus dois candeeiros iluminavam todos os cantos.

O ruído não recomeçou e fui me acalmando pouco a pouco, permaneci inquieto, mas virava o corpo com frequência.

No dia seguinte, recolhi-me mais cedo ao quarto, pensando em como conseguiria ver o Invisível que me visitara.

E eu o vi. E isso quase matou-me de terror.

Eu havia acendido as velas que ficavam em cima da lareira e as do lustre. A peça estava iluminada como para uma festa. Dois candeeiros ardiam sobre a minha mesa.

Diante de mim, minha cama, uma velha cama com colunas de carvalho. À esquerda, a porta que eu havia trancado à chave. Atrás de mim, o grande armário espelhado. Olhei-me fixamente nele. Vi olhos estranhos, as pupilas bastante dilatadas.

Impalpável[10]: imaterial, que não se pode tocar ou apalpar.
Imponderável[11]: aquilo que não pode ser calculado ou avaliado.

Sentei-me como todos os dias.

Na véspera e na antevéspera o ruído se manifestara às 9 horas e 22 minutos. Esperei. No momento preciso, tive uma indescritível[12] sensação, como se um fluido, um fluido irresistível penetrasse em mim por todas as partes de minha carne, mergulhando minha alma num pavor atroz e bom. E o estalido[13] se fez atrás de mim.

Voltei-me tão rapidamente num pulo que quase caí. Via-se como em pleno dia, e eu não me vi no espelho! Ele estava vazio, límpido e pleno de luz. Eu não estava refletido nele, no entanto, o espelho estava bem na minha frente. Eu olhava com olhos transtornados. Não ousava andar em direção ao espelho, pois sentia claramente que ele estava entre nós, ele, o Invisível, e que ele ocultava minha imagem.

Oh! Como tive medo! E foi então que comecei a avistar-me em meio a uma bruma no fundo do espelho, como se me visse através da água; e pareceu-me que essa água escorria da esquerda para a direita, lentamente, restituindo minha imagem mais precisa de segundo a segundo. Era como o fim de um eclipse. O que me ocultava não tinha contorno, mas era de uma transparência opaca, que se iluminava pouco a pouco.

E pude, enfim, distinguir-me nitidamente, como acontece todos os dias ao olhar-me.

Mas eu o tinha visto!

E não o revi mais!

No entanto, eu o espero sem cessar, e sinto que minha mente alucina nessa tentativa.

Fico durante horas, noites, dias, semanas diante do espelho, a esperá-lo! Ele não vem mais.

Ele compreendeu que eu o vi. Mas sinto que vou aguardá-lo para sempre, até a morte, que o esperarei sem repouso, diante desse espelho, como um caçador sempre à espreita.

Indescritível[12]: difícil ou impossível de ser descrito; espantoso, extraordinário.
Estalido[13]: som breve, seco, de menor intensidade do que um estalo.

E, nesse mesmo espelho, passei a ver imagens alucinantes de monstros, de cadáveres horripilantes, de seres atrozes, toda sorte de visões inverossímeis que devem habitar o espírito dos loucos.

• • •

Eis a minha confissão, meu caro doutor. Diga-me, o que devo fazer?

O *Horla*

———————————

O dr. Marrande, o mais ilustre e eminente[1] dos alienistas[2], havia pedido a três de seus confrades[3] e a quatro sábios, que se dedicavam às ciências naturais, para passarem uma hora em seus aposentos, na casa de saúde por ele dirigida, para apresentar-lhes o caso de um de seus internos.

Assim que seus amigos se reuniram, ele lhes disse:

– "Submeterei aos senhores o caso mais extraordinário e inquietante que jamais encontrei. No entanto, nada lhes direi sobre meu paciente. Ele falará por si mesmo". O médico tocou uma sineta. Um criado fez entrar um homem. Ele era bem magro, de uma esqualidez[4] cadavérica, como são magros certos loucos sempre possuídos pelo mesmo pensamento, pois a imaginação doentia devora a carne do corpo mais do que a febre ou a tísica.[5]

Depois de cumprimentar a todos, disse, sentando-se:

– "Senhores, eu sei porque vocês estão aqui reunidos e vou contar-lhes minha história, como me foi pedido pelo meu amigo, o dr. Marrande. Durante muito tempo ele acreditou que eu estivesse louco. Atualmente duvida. Em breve, todos vocês saberão que tenho o espírito tão são, tão lúcido e tão perspicaz quanto os senhores, infelizmente para mim, para vocês e para toda a humanidade.

Mas começarei pelos próprios fatos, pelos fatos mais simples. Ei-los:

Tenho 42 anos. Não sou casado, minha fortuna me é suficiente para que eu viva com certo luxo. Portanto, morava em uma propriedade às margens do Sena, em Biessard, perto de Rouen. Amo a caça e a pesca. Ora, atrás de mim, cobrindo as grandes rochas que contornam minha casa, fica uma das mais belas florestas da França, a de Roumare, e diante de mim, um dos mais belos rios do mundo.

Eminente[1]: que é superior aos demais, excelente.
Alienista[2]: médico especialista em doenças mentais.
Confrade[3]: colega, pessoa que pertence à mesma profissão.
Esqualidez[4]: magreza, palidez.
Tísica[5]: tuberculose.

Minha propriedade é grande, pintada de branco por fora, bela, antiga, plantada no meio de um jardim repleto de árvores magníficas que vão até a floresta, escalando os enormes rochedos, dos quais lhes falei ainda há pouco.

Minha criadagem completa é composta, ou melhor, era composta de um cocheiro, um jardineiro, um criado de quarto, uma cozinheira e uma roupeira, que, ao mesmo tempo, era uma espécie de governanta. Todos moravam comigo há pelo menos dez ou dezesseis anos. Eles me conheciam, conheciam a propriedade, a região e tudo o que dizia respeito à minha vida. Todos eram servidores bons e tranquilos e isso é importante para o que vou lhes contar.

Acrescento que o Sena, que margeia meu jardim, é navegável até Rouen, como, sem dúvida, os senhores devem saber; e que, diariamente, eu via passar grandes navios, movidos a vela ou a vapor, vindos de todos os cantos do mundo.

No entanto, há um ano, desde o outono passado, fui acometido de súbito por essa estranha e inexplicável moléstia. Primeiro foi uma espécie de inquietação nervosa, que me deixava acordado por noites inteiras, numa tal superexcitação que o menor ruído me fazia estremecer. Meu humor tornou-se acre.[6] Era vítima de cóleras súbitas e inexplicáveis. Chamei um médico, que me prescreveu brometo de potássio e duchas.

Então, tomei duchas pela manhã e à noite e comecei a medicar-me com brometo. Logo, com efeito, recomecei a dormir, mas isso foi mais pavoroso do que a insônia. Assim que me deitava e fechava os olhos, prostrava. Sim, mergulhava no nada, em um nada absoluto, em uma morte inteira do ser, da qual era arrancado, bruscamente, horrivelmente, com a terrível sensação de ter um peso esmagador sobre o peito e de que uma boca, pousada sobre a minha, alimentava-se da minha vida. Oh! Essa agitação! Eu não conheço nada mais apavorante.

Acre[6]: ácido, áspero.

Imaginem os senhores um homem que dorme, um homem a quem tentam assassinar e que acorda com uma faca na garganta, e que ele agoniza coberto de sangue, e não pode mais respirar, e vai morrer sem nada compreender. É isso!

Eu emagrecia de maneira inquietante, contínua, e me dei conta de que meu cocheiro, que era bem gordo, começava a emagrecer como eu.

Perguntei-lhe, por fim:

– O que você tem, Jean? Está doente?

Ele respondeu:

– Creio que padeço da mesma doença que o senhor, são minhas noites que devoram meus dias.

Assim, passei a acreditar que havia na casa um surto de febre, devido à proximidade do rio, e decidi afastar-me por dois ou três meses, apesar de estarmos em plena temporada de caça. Foi então que um fortuito e estranho acontecimento, notado por acaso, conduziu-me a uma sequência de descobertas tão inverossímeis[7], fantásticas, assustadoras, que decidi ficar.

Uma noite, tendo sede, bebi meio copo de água e observei que a jarra, colocada sobre a cômoda diante da minha cama, estava cheia até a tampa de cristal.

Durante aquela noite, tive um daqueles sonhos apavorantes sobre os quais já lhes falei. Tomado por uma angústia terrível, acendi uma vela e, como quisesse beber água novamente, percebi, estupefato,[8] que minha jarra estava vazia. Eu não podia acreditar em meus olhos. Ou alguém havia entrado em meu quarto, ou eu era sonâmbulo.

Na noite seguinte, quis tirar a prova. Fechei a porta à chave para ter certeza de que ninguém poderia entrar ali. Adormeci e despertei como todas as noites. Alguém havia bebido toda a água que eu tinha visto duas horas antes.

Inverossímel[7]: que não parece verdadeiro, inacreditável.
Estupefato[8]: assombrado, admirado.

Quem teria bebido aquela água? Eu, sem dúvida, e, no entanto, estava certo, absolutamente certo, de não ter feito um movimento, por estar mergulhado em meu sono profundo e doloroso.

Então, recorri ao seguinte artifício, para me convencer de que não havia realizado essas ações inconscientemente. Uma noite, coloquei ao lado da jarra uma garrafa de um velho vinho *bordeaux*, uma xícara de leite, ao qual tenho horror, e doces de chocolate, que adoro.

O vinho e os doces permaneceram intactos e o leite e a água desapareceram. Então, a cada dia, eu trocava as bebidas e os alimentos. As coisas sólidas, compactas, jamais eram tocadas; do líquido, não se bebia nada além de leite fresco e, sobretudo, água.

Mas uma dúvida dilacerava minha alma. Não seria eu que me levantava, sem disso ter consciência, e bebia até o que detestava, pois meus sentidos, alimentados pelo sono sonâmbulo, poderiam estar modificados, a ponto de eu haver perdido a repugnância[9] ordinária e ter adquirido gostos diferentes?

Então, lancei mão de um novo artifício contra mim mesmo. Envolvi todos os objetos, os quais haveria de tocar infalivelmente, com bandagens[10] de musselina branca e também os cobri com um guardanapo de cambraia.[11]

Depois, pouco antes de deitar-me, lambuzei as mãos, os lábios e o bigode com grafite.

Ao despertar, todos os objetos estavam imaculados, embora tivessem sido tocados, pois o guardanapo não estava sobre eles como eu o dispusera. Ora, minha porta, trancada a chave, e minhas janelas, lacradas com cadeados, não poderiam ter permitido a entrada de ninguém.

Então, coloquei-me a inquietante questão: quem estaria ali, todas as noites, tão perto de mim?

Repugnância[9]: sentimento de aversão, asco.
Bandagem[10]: tecido leve, faixa de gaze.
Cambraia[11]: tecido fino e branco de algodão ou de linho.

Eu sinto, meus senhores, que lhes conto tudo isso rápido demais. Sorriem, a opinião de vocês já foi formulada: "É um louco." Eu deveria ter-lhes descrito com detalhes a emoção de um homem que, trancado em sua própria casa, com o espírito são, nota, ao olhar através de uma jarra de vidro, que um pouco de água desapareceu enquanto ele dormia. Eu deveria ter-lhes feito compreender que esta tortura se renovava a cada noite, a cada manhã, e este sono era invencível e o despertar cada vez mais apavorante.

Mas, continuo.

De repente, o milagre cessou. Nada mais em meu quarto era tocado. Acabou. Eu estava bem melhor que antes. A alegria retornara, mas então vim a saber que um de meus vizinhos, o senhor Legite, estava exatamente no mesmo estado em que eu me encontrara antes. Voltei a acreditar que um surto de febre assolava[12] a região. Meu cocheiro também partira havia um mês, gravemente doente.

O inverno chegara ao fim, a primavera surgia. Ora, uma manhã, quando passeava entre os canteiros dos roseirais, eu vi, vi claramente, bem perto de mim, a haste de uma das mais belas rosas se partir, como se uma mão invisível a tivesse colhido; depois, a flor seguia uma curva que eu descreveria como um braço que ia até a boca e pairava suspensa no ar transparente, totalmente sozinha, imóvel, pavorosa, a três passos de meus olhos.

Tomado por uma apavorante loucura, lancei-me sobre ela para apanhá-la. Não consegui. Ela havia desaparecido. Então, fui tomado por uma cólera furiosa contra mim mesmo. Seria permitido a um homem racional e sério ter tais alucinações?

Mas era aquilo uma alucinação? Procurei pelo caule. Encontrei-o imediatamente no arbusto, fresco, recém-partido, entre duas outras rosas que estavam presas ao ramo, mas elas eram três, eu as tinha visto perfeitamente.

Assolar[12]: abalar, abater, devastar.

Então, entrei em casa, a alma transtornada. Senhores, me escutem, eu estou calmo; eu não acreditava no sobrenatural, ainda hoje não acredito; mas a partir daquele momento tive como certo, certo como estou do dia e da noite, que havia perto de mim um ser invisível que me visitara e depois partira, e que agora estava de volta.

Um pouco mais tarde, tive a prova disso.

Desde então, as brigas entre os empregados, que todos os dias explodiam em discussões furiosas por mil coisas aparentemente fúteis,[13] passaram a fazer muito sentido para mim.

Um copo, um belo copo de Veneza, quebrou-se sozinho sobre o aparador da mesa de jantar, em plena luz do dia.

O criado de quarto acusou a cozinheira, que acusou a roupeira, que acusou não sei quem.

Portas fechadas à noite estavam abertas pela manhã. Alguém roubava o leite, todas as noites, na despensa. – Ah!

O que era ele? De que natureza? Uma curiosidade nervosa, misto de cólera e assombro, mantinha-me dia e noite em um estado de extrema agitação.

Mais uma vez, minha casa voltou a ser calma e creio que voltei a pensar que tudo não passara de sonhos quando aconteceu o seguinte:

Era 20 de julho, às 9 horas da noite. Fazia muito calor, eu havia deixado minha janela totalmente aberta, e o candeeiro aceso sobre a mesa iluminava um volume de Musset[14], aberto na "Nuit de Mai";[15] eu deitara-me em uma grande poltrona, onde adormeci.

Ora, tendo dormido por cerca de 40 minutos, abri os olhos, sem fazer qualquer movimento, despertado por uma certa emoção confusa e estranha. A princípio não vi nada, depois, de súbito, pareceu-me que uma página do livro havia virado sozinha, ainda que nenhuma corrente de ar houvesse entrado pela janela. Surpreso, esperei. Cerca de quatro minu-

Fútil[13]: superficial, inútil, que não tem importância.
Musset[14]: Louis Alfred Musset (1810-1857), poeta francês. Foi um dos grandes representantes do Romantismo. (N.T.)
Nuit de Mai[15]: "Noite de maio" é um dos mais famosos poemas de Musset. (N.T.)

tos depois, eu vi, eu vi, eu vi; sim, eu vi senhores, com meus próprios olhos, outra página erguer-se e cair sobre a precedente,[16] como se um dedo a tivesse folheado. Minha cadeira estava vazia, mas compreendi que ele estava lá, *ele*! Atravessei o quarto com um salto para agarrá-lo, para tocá-lo, se assim pudesse... Mas antes que eu o alcançasse, a cadeira virou-se como se alguém fugisse diante de mim; meu candeeiro também caiu e apagou-se, quebrando o vidro; a minha janela vibrou, bruscamente, como se um malfeitor a tivesse saltado, deixando-a bater à sua escapada... Ah!...

Atirei-me sobre a sineta e toquei-a. Quando meu criado de quarto apareceu, disse-lhe:

"Derrubei e quebrei tudo. Traga-me luz."

Não dormi mais aquela noite. E, neste meio tempo, imaginei que tinha sido joguete[17] de mais uma ilusão. Ao nascer do dia, os sentidos permaneciam confusos. Não teria sido eu quem me havia jogado da cadeira abaixo e quebrado a lâmpada, ao precipitar-me como um louco?

Não, não havia sido eu! Eu sabia e nem por um segundo duvidei disso. E, no entanto, eu queria acreditar nisso.

Esperem. O Ser! Como eu o nomearia? O Invisível? Não, isso não seria suficiente. Eu o batizei de Horla. Por quê? Não sei ao certo. Desde então, o Horla pouco me deixava. Dia e noite eu tinha a sensação, a certeza da sua presença impalpável, estranha vizinhança, e também a certeza de que ele sorvia minha vida, hora a hora, minuto a minuto.

A impossibilidade de vê-lo exasperava-me e eu acendia todas as luzes de meus aposentos, como se pudesse, naquela claridade, enxergá-lo.

E, enfim, eu o vi.

Os senhores não acreditam nisso. Mas eu o vi.

Eu estava sentado diante de um livro qualquer, não lia, só espreitava,[18] com os órgãos superexcitados, espreitava aquele

Precedente[16]: anterior.
Joguete[17]: brinquedo; um ser ou uma coisa submetida a forças superiores que não pode enfrentar.
Espreitar[18]: espiar, olhar.

que eu sentia perto de mim. Certo de que ele estava ali, mas onde? Que fazia ele? Como agarrá-lo?

Diante de mim, minha cama, um velho leito de carvalho com colunas. À direita, a lareira. À esquerda, uma porta, que eu havia trancado com diligência.[19] Atrás de mim, um grande armário espelhado, que eu usava diariamente para barbear-me, vestir-me e onde tinha o costume de olhar-me da cabeça aos pés, sempre que passava diante dele.

Então, eu fingia que lia, para enganá-lo, posto que ele, secretamente, me observava também, e, de repente, eu o senti, e tive a certeza de que ele lia por cima dos meus ombros, que ele estava ali, roçando minhas orelhas.

Ergui-me e virei-me tão rápido que quase caí... E bem!... estava claro como em pleno dia... e não me vi refletido no espelho! Ele estava vazio, claro, pleno de luz. Minha imagem não estava lá... E eu diante dele... via o grande vidro, límpido de alto a baixo! E olhava tudo aquilo alucinado, sem coragem de avançar, sentindo que ele estava entre nós, ele, que mais uma vez me escaparia, mas que, com seu corpo, imperceptível, havia absorvido meu reflexo.

Como tive medo! Pois então, de súbito, comecei a reconhecer-me em meio à bruma[20] no fundo do espelho, como se visse na superfície da água; e parecia-me que aquela água escorria da esquerda para a direita, lentamente, tornando mais precisa minha imagem segundo a segundo. Era como o fim de um eclipse. O que me ocultava não parecia possuir contornos nítidos, mas uma transparência opaca que clareava pouco a pouco.

Enfim, pude distinguir-me completamente, como faço todos os dias.

Eu o tinha visto. E o pavor em que fiquei faz-me tremer.

No dia seguinte, vim parar aqui, suplicando que cuidassem de mim.

Diligência[19]: com cuidado.
Bruma[20]: névoa, sombra.

Agora, senhores, concluirei minha história.

O dr. Marrande, depois de duvidar por muito tempo, decidiu-se por fazer, sozinho, uma viagem à minha terra.

Três de meus vizinhos, no momento, estão no mesmo estado em que eu estive. Não é verdade?

O médico respondeu:

– É verdade!

– O senhor os aconselhou a deixar água e leite no quarto todas as noites para ver se os líquidos desaparece-riam. E isso ocorreu. Os líquidos desapareceram como em minha casa?

O médico respondeu com uma gravidade solene:

– Eles desapareceram.

Logo, senhores, o Ser, um Ser novo, que, sem dúvida, logo se multiplicará, assim como nós nos multiplicamos, acaba de surgir na terra.

Ah! Vocês gracejam! Por quê? Porque esse Ser continua invisível. Mas nosso olho, senhores, é um órgão tão elementar, que mal pode distinguir o que é indispensável para nossa existência. Tudo o que é pequeno lhe escapa, como lhe escapa o que é muito grande, como o que está muito distante também lhe é imperceptível. Ele ignora bilhões de pequenos animais que vivem em uma gota d'água. Ignora os habitantes, as plantas e o solo das estrelas vizinhas; ele sequer pode ver o transparente.

Posicionem diante do olho um espelho perfeito, ele não o distinguirá, nos lançará contra ele, como um pássaro preso em uma casa bate a cabeça nos vitrais. Logo, ele não vê corpos sólidos e transparentes que, no entanto, existem, e não vê o ar que nos alimenta, não vê o vento, essa grande força da natureza que derruba os homens, abate os edifícios, tomba as árvores, transforma o mar em montanhas d'água que fazem desmoronar as falésias[21] de granito.

Falésia[21]: encosta alta que sofre erosões provocadas pelo mar.

Então, que há de extraordinário no fato de os olhos não verem um corpo novo que, sem dúvida, só não tem a propriedade de absorver os raios luminosos?

Percebem os senhores a eletricidade? No entanto, ela existe!

Este ser, que chamei de Horla, também existe.

O que é isso? Senhores, é aquilo que a Terra esperava depois do homem! Aquele que vem nos destronar, nos subjugar, nos dominar e, talvez, nutrir-se de nosso ser, como nos alimentamos dos bois e dos javalis.

Há séculos ele é pressentido, temido, anunciado! O medo do Invisível que sempre visitou nossos pais.

Ele chegou.

Todas as lendas sobre fadas, gnomos, sobre seres que rodopiam no ar, malfeitores inacessíveis, era dele que elas falavam, dele, já pressentido pelo homem inquieto e trêmulo.

E tudo o que os senhores têm feito há alguns anos, isso que chamam de hipnose, sugestão, magnetismo – é a ele que anunciam, que profetizam!

Eu lhes comunico, senhores, ele chegou. Ele perambula[22] inquieto por si só, como os primeiros homens, ignorando ainda a própria força e próprio poder, que ele conhecerá em breve, muito em breve.

E assim, senhores, para terminar, mostro-lhes um recorte de jornal que caiu em minhas mãos, e que veio do Rio de Janeiro. Eu leio:

"Uma espécie de epidemia de loucura parece ter causado danos na província de São Paulo. Os habitantes de muitas cidades, para se salvar, estão abandonando suas terras, suas casas e se dizem perseguidos e sugados por vampiros invisíveis que se alimentam de sua respiração durante o sono, e que não bebem nada além de água e, às vezes, leite!"

E acrescento: Alguns dias antes do primeiro ataque

Perambular[22]: andar, vaguear, passear.

do mal do qual quase morri, lembro-me perfeitamente de ter visto passar uma grande embarcação brasileira, com sua bandeira desfraldada[23]... E já lhes contei que minha casa fica à beira d'água... toda branca... *Ele* estava escondido naquele navio, sem dúvida.

Nada mais tenho a acrescentar, senhores.

O dr. Marrande levantou-se e murmurou:
– Eu também não. Não sei se este homem é louco ou se nós dois o somos, ou se... se nosso sucessor realmente chegou.

Desfraldada[23]: aberta, solta ao vento.

A NOITE (PESADELO)

Eu amo a noite com paixão. Amo-a como alguém ama seu país ou sua amante, com um amor instintivo, profundo, irresistível. Amo-a com todos os meus sentidos, com meus olhos que a veem, com minhas narinas que a respiram, com meus ouvidos que escutam seu silêncio, com toda a minha carne que a escuridão acaricia. As cotovias cantam ao Sol, ao céu azul, ao ar quente, ao ar aprazível[1] das manhãs claras. O mocho[2] refugia-se na noite, mancha negra que cruza o espaço negro, e se diverte, escondido pela escuridão imensa, ao entoar seu grito vibrante e sinistro.

O dia me cansa e me enfastia.[3] Ele é brutal e barulhento. Levanto-me com custo, visto-me com lassidão[4] e saio com pesar, e cada passo, cada movimento, cada gesto, cada palavra, cada pensamento me enfastia, como se eu erguesse um fardo esmagador.

Mas quando o Sol se põe, uma alegria, uma alegria confusa invade todo meu corpo. Desperto, me animo. À medida que a sombra aumenta, sinto-me outra pessoa, mais jovem, mais forte, mais alerta, mais feliz. E a vejo expandir, a grande sombra doce caída do céu: ela afoga a cidade, como uma onda implacável e impenetrável, ela esconde, apaga, destrói as cores, as formas, abraça as casas, os seres, os monumentos, com seu imperceptível toque.

Então, tenho desejo de gritar de prazer, como as corujas; de correr sobre os telhados, como os gatos; e um impetuoso, um invencível desejo de amar se acende em minhas veias.

Eu saio, ando, ora pelos subúrbios sombrios, ora pelos bosques próximos de Paris, onde pressinto o vagabundear de minhas irmãs, as feras, e de meus irmãos, os caçadores furtivos.

Aprazível[1]: agradável.
Mocho[2]: espécie de coruja que não possui penas na cabeça.
Enfastiar[3]: aborrecer, entediar.
Lassidão[4]: cansaço, fadiga.

Aquilo que se ama com violência acaba sempre por nos matar. Mas como explicar o que me aconteceu? Como até mesmo tornar compreensível para que possa contá-lo? Não sei, não sei mais, sei apenas que foi assim. – Eis a história.

Pois ontem. – Será que foi mesmo ontem? Sim, sem dúvida, a menos que tenha sido antes, um outro dia, um outro mês, um outro ano, não sei. No entanto, deve ter sido ontem, pois o dia não mais nasceu, pois o Sol não mais surgiu. Mas quanto tempo se passou desde então? Quanto tempo?... Quem o dirá? Alguém o saberá algum dia?

Portanto, ontem saí, como faço todas as noites após o jantar. O tempo estava bom, bastante agradável e bem quente. Descendo em direção aos bulevares,[5] olhava acima de minha cabeça o leito negro e repleto de estrelas, talhado no céu pelos telhados da rua que davam voltas e o faziam ondular, como um verdadeiro rio, um regato conduzindo os astros.

Tudo era claro no ar ameno, dos planetas aos bicos de gás dos lampiões. A luz brilhava tanto no alto como na cidade, que as trevas pareciam luminosas. As noites iluminadas são mais alegres que os longos dias de Sol.

Nos bulevares, os cafés reluziam, ria-se, passeava-se, bebia-se. Entrei em um teatro por uns instantes; em qual teatro? Não sei mais. Estava tão claro que isso afligiu-me e saí com o coração um pouco assombrado pelo choque da luz brutal sobre o dourado do balcão da galeria, provocado pela cintilação artificial do enorme lustre de cristal, pela barreira iluminada da ribalta,[6] pela melancolia daquela claridade falsa e exacerbada. Ganhei os Champs-Élyssés,[7] onde os cafés--concerto pareciam focos de incêndio entre as folhagens. As luzes amarelas roçavam nas castanheiras dando-lhes um quê de pintura, tinham aspecto de árvores fosforescentes. E os lustres, em forma de globo, pareciam luas de um brilho resplandecente pálido. Ovos de lua caídos do céu, pérolas monstruosas, vivas,

Bulevar[5]: rua ou avenida larga e geralmente com árvores.

Ribalta[6]: fileira de refletores colocada ao nível do piso do palco.

Champs-Élysées[7]: Em 1616, a rainha Maria de Médici mandou criar um longo corredor entre as árvores da Tulherias, onde se realizavam passeios de carruagem. Em 1709, essa alameda recebeu o nome de Champs-Élysées (Campos Elísios). O primeiro projeto para construção de uma grande avenida em linha reta datam de 1667. A avenida foi sendo prolongada ao longo do século XVIII e atualmente é uma das principais avenidas de Paris. (N.T.)

faziam empalidecer com sua claridade nacarada,[8] misteriosa, a majestade dos raios produzidos pelo gás, gás vilão e baço,[9] e as guirlandas de vidro colorido.

Parei sob o Arco do Triunfo[10] para olhar a avenida, a longa e admirável avenida estrelada, avançando por Paris entre duas linhas de luz, e os astros! Os astros lá no alto, os astros desconhecidos, lançados ao acaso na imensidão, onde desenham figuras estranhas, que tanto fazem delirar e sonhar.

Entrei no Bosque de Bolonha[11] e ali permaneci por um longo, longo tempo. Um arrepio singular invadiu-me, uma emoção imprevisível e poderosa, uma exaltação, um pensamento que beirava a loucura.

Caminhei ainda por bastante, bastante tempo. Depois retornei.

A que horas teria passado sob o Arco do Triunfo? Não sei. A cidade adormecida, e nuvens pesadas, nuvens negras se estendiam sobre o céu com vagar.

Pela primeira vez senti que algo estranho, novo, ia acontecer. Parecia-me que fazia frio, que o ar tornava-se pesado sobre o meu coração. A avenida estava deserta. Apenas dois guardas de rua passeavam perto da estação de fiacres,[12] e, perto da calçada, iluminada apenas pelos bicos de gás, que pareciam fenecer, uma fila de carros de legumes ia até os Halles.[13] Eles seguiam lentamente, carregados de cenouras, nabos e couves-flores. Os condutores dormiam, invisíveis, os cavalos marchavam a passos regulares, seguiam o veículo da frente, sem fazer barulho, sobre o calçamento de madeira. Diante de cada lâmpada da calçada, cenouras luziam em vermelho, nabos luziam em branco, couves-flores luziam em verde; e havia também as charretes, aquelas charretes vermelhas, de um vermelho fogo; brancas, de um branco prateado; verdes, de um verde esmeralda. Eu as segui, depois voltei para a rua Royale, e retornei aos bulevares. Ninguém, nada de cafés iluminados,

Nacarada[8]: que tem o brilho e a cor rosada da madrepérola.

Baço[9]: sem brilho.

Arco do Triunfo [10]: monumento construído entre 1806 e 1836, durante o império de Napoleão, em homenagem à glória dos exércitos franceses nas guerras napoleônicas.(N.T.)

Bosque de Bolonha[11]: em 1859, Napoleão III anexou à cidade de Paris onze municípios, alguns dos quais com grandes parques e jardins privados. O Bosque de Bolonha tem mais de 846 hectares e fica a oeste de Paris. (N.T.)

Fiacre[12]: antiga carruagem de aluguel, geralmente puxada por um só cavalo.

Halles[13]: é um antigo mercado central de Paris, nas proximidades de Châlet. Foi contruído entre 1854 a 1866. Seus pavilhões de estrutura de ferro e telhado de vidro eram monumentais e foram demolidos em 1969. (N.T.)

alguns retardatários solitários iam a passos largos. Nunca tinha visto Paris assim tão morta, tão deserta. Consultei meu relógio. Eram duas horas.

Uma força me empurrava, tinha necessidade de andar. Fui então à Bastille[14]. Lá me dei conta de que jamais havia visto a noite assim tão sombria, pois não distinguia nem mesmo a coluna de Juillet, cujo engenho de ouro estava perdido na impenetrável escuridão. Uma abóboda de nuvens, espessas como a imensidão, havia afogado as estrelas, e parecia descer sobre a terra para esmagá-la.

Retornei. Não havia ninguém em torno de mim. Diante do Château-d'Eau,[15] no entanto, um bêbado quase esbarrou em mim, depois desapareceu. Por algum tempo, ouvi seu passo irregular e sonoro. Na altura do subúrbio de Montmartre,[16] um fiacre passou, descendo em direção ao Sena. Eu o chamei. O cocheiro não respondeu. Uma mulher perambulava perto da rua Drouot. "Senhor, me escute." Apressei o passo para evitar sua mão estendida. Depois, mais nada. Diante do Vaudeville,[17] um maltrapilho revirava as sarjetas. Sua pequena lanterna oscilava no chão. Eu lhe perguntei: "Que horas são, meu bravo?".

Ele resmunga: "Como vou saber! Não tenho relógio".

Então, de súbito, percebi que os bicos de gás estavam apagados. Sei que nessa época do ano costuma-se apagar os lampiões de madrugada, antes do amanhecer, por economia, mas o dia estava longe ainda, bem longe de surgir!

"Vou para os Halles", pensei. "Lá ao menos encontrarei vida."

Pus-me a em movimento, mas não conseguia sequer enxergar o caminho. Avancei lentamente e, como se faz dentro de uma floresta, contava as ruas para reconhecê-las.

Diante do Crédit Lyonnais[18] um cão rosnou. Dobrei na rua Grammont, perdi-me, errei, pois reconheci a Bourse[19]

Bastillle[14]: em português, Bastilha. Foi construída entre 1370 e 1383, como parte do projeto de defesa de Paris, no reinado de Charles VI. Era ali que ficavam encarcerados os presos políticos. Tomado pelo povo no início da Revolução Francesa, em 1789, tornou-se um marco histórico. Depois da demolição da antiga prisão, construiu-se, no lugar, a praça da Bastilha. (N.T.)
Château-d'Eau[15]: nome de uma antiga fonte que não existe mais em Paris. (N.T.)
Montmartre[16]: colina ao norte de Paris, dali se tem uma vista privilegiada da cidade, o que fez do bairro o lugar por excelência dos artistas e boêmio nos anos de 1871 a 1914. (N.T.)
Vaudeville[17]: um tipo de peça de teatro leve, em estilo de comédia. (N.T.)
Crédit Lyonnais[18]: fundado em 1863, é um dos maiores bancos da França. (N.T.)
La Bourse[19]: construído entre 1808 e 1826, é onde funciona atualmente a Bolsa de Valores. (N.T.)

pelas grades de ferro que a cercam. Paris inteira dormia um sono profundo, assustador. No entanto, ao longe, um fiacre rodava, um só fiacre, talvez aquele que havia passado diante de mim há pouco. Procurei juntar-me a ele, seguindo o ruído das rodas, atravessando as ruas solitárias e sombrias, sombrias, sombrias como a morte.

Ainda estava perdido. Onde estava eu? Que loucura apagarem assim tão cedo todos os lampiões! Nenhum caminhante, nada de retardatários, nenhum peregrino, nada de miados de gato no cio. Nada.

Onde estavam os policiais noturnos? Disse a mim mesmo: "Vou gritar e eles virão". Gritei. Ninguém respondeu.

Chamei ainda mais forte. Minha voz desapareceu, sem eco, fraca, sufocada, abafada pela noite, por esta noite impenetrável.

Brami:[20] "Socorro! Socorro! Socorro!".

Meu apelo desesperado continuou sem resposta. Que horas seriam, então? Consultei meu relógio, mas não tinha fósforos comigo. Escutei o tique-taque ligeiro do pequeno mecanismo com uma alegria incomum e estranha. Ele parecia estar vivo. Eu senti-me menos só. Que mistério! Comecei a caminhar como um cego, tateando as paredes com a bengala e erguendo a todo momento os olhos para o céu, na esperança de que o dia enfim surgisse, mas o firmamento estava negro, todo negro, mais profundamente negro do que a cidade.

Que horas poderiam ser? Parecia-me que havia caminhado por um tempo infinito, pois minhas pernas estavam enfraquecidas, meu peito ofegava, e eu tinha uma fome terrível.

Decidi bater no primeiro portão que encontrasse. Toquei o botão de cobre, e o som tiniu[21] sonoramente na casa, resoou estranhamente, como se apenas seu barulho vibrasse naquele lugar.

Brami[20]: gritei, berrei.
Tinir[21]: vibrar, soar.

Esperei, ninguém respondeu, ninguém abriu a porta. Toquei de novo; esperei ainda – nada!

Tive medo! Corri à casa seguinte, e vinte vezes seguidas fiz ressoar a campainha no corredor escuro, onde o porteiro deveria dormir. Mas ele não despertou! E andei ainda mais adiante, puxando com todas as minhas forças as argolas ou tocando os botões, batendo com meus pés, com minha bengala, com minhas mãos nas portas obstinadamente[22] fechadas.

E, de repente, percebi que estava nos Halles. Os Halles estavam desertos, sem barulho, sem um movimento, nenhum veículo, nenhum homem, nenhuma caixa de legumes ou de flores. Os Halles estavam vazios, imóveis, abandonados, mortos!

Um pavor horrível invadiu-me. O que estava acontecendo? Oh! Meu Deus! O que se passava?

Parti de novo. Mas e as horas? As horas? Quem me diria as horas? Nenhum relógio badalava nos campanários[23] ou nos monumentos. Pensei: "Vou abrir o vidro do meu relógio e apalpar os ponteiros com os dedos". Puxei o relógio... ele não batia... tinha parado. Mais nada, mais nada, nenhum movimento na cidade, nem uma luz fugidia, nem o menor toque de som no ar. Nada! Mais nada! Nem mesmo o rodar distante do fiacre – mais nada!

Eu estava perto do cais, e uma aragem[24] glacial subia do rio.

O Sena corria ainda?

Eu queria saber, encontrei as escadas, as desci... eu as desci... não ouvia a corrente borbulhar sob os arcos da ponte... Degraus ainda... depois areia... depois lodo... depois água... mergulhei meu braço... o rio corria... ele corria... frio... muito frio... quase gelado... quase estancado... quase morto.

E eu senti que já não tinha forças para subir novamente... e que também morreria ali... eu também, de fome – de cansaço – e de frio.

Obstinadamente[22]: insistentemente.
Campanário[23]: torre das igrejas onde ficam os sinos.
Aragem[24]: brisa, sopro, vento fraco.

A MORTA

Eu a havia amado perdidamente! Por que amamos tanto? É estanho não ver no mundo mais que um ser, de não ter no espírito mais que um pensamento, no coração mais que um desejo, e na boca apenas um nome que brota incessantemente, que brota como a água de uma fonte das profundezas da alma, que das profundezas da alma sobe aos lábios, e que é dito e repetido, que é murmurado sem cessar por toda parte, como uma prece.

Não contarei nossa história. O amor só tem uma história, e é sempre a mesma. Eu a encontrei e a amei. E isso é tudo. Eu vivi durante um ano em sua ternura, em seus braços, em suas carícias, em seu olhar, em seus vestidos, em sua fala, envolvido, atado, aprisionado em tudo que dela vinha, de maneira tão completa que não sabia mais se era dia ou noite, se eu estava morto ou vivo, habitando sobre a velha Terra ou fora dela.

E ela morreu. Como? Eu não sei, não sei mais.

Em uma noite chuvosa ela chegou em casa toda molhada e no dia seguinte tossia. Depois, tossiu por cerca de uma semana e ficou acamada.

O que se ocorreu? Não sei mais.

Os médicos vinham, prescreviam,[1] iam embora. Traziam remédios; uma mulher fazia com que ela os tomasse. Suas mãos estavam quentes, sua fronte febril e úmida, seu olhar brilhante e triste. Eu lhe falava, ela me respondia. O que nos dissemos nessa ocasião? Eu não sei mais. Esqueci-me de tudo, tudo, tudo, tudo! Ela morreu. Lembro-me muito bem do seu curto e débil suspiro, o último. A enfermeira disse: "Ah!" E eu compreendi, eu compreendi!

Eu não queria saber de nada. Nada. Vi um padre pronunciar as palavras: "Sua amante". Isso pareceu-me um insulto. Pois ela estava morta e ninguém tinha mais o direito de saber

Prescrever[1]: receitar, recomendar remédios.

disso. Expulsei-o dali. Veio outro, que foi bondoso, muito amável. Chorei quando ele falou-me dela.

Perguntaram-me mil coisas sobre o sepultamento. Eu não sei mais. Lembro-me ainda do caixão, do barulho dos golpes de martelo, quando a trancaram lá dentro. Ah! meu Deus!

Ela foi enterrada! Enterrada! Ela! Naquele buraco! Algumas pessoas compareceram, alguns amigos. Eu fugi. Andei. Caminhei por muito tempo pelas ruas. Depois, voltei para casa. No dia seguinte, parti em viagem.

Ontem voltei a Paris.

Quando revi meu quarto, nosso quarto, nosso leito, nossos móveis, a casa onde restava tudo o que sobra da vida de um ser depois de sua morte, fui possuído novamente por um pesar tão violento que quase abri a janela e atirei-me na rua. Não podendo mais permanecer no meio daquelas coisas, entre aquelas paredes que a haviam cercado e abrigado, e que deviam guardar dentro de suas fissuras[2] imperceptíveis milhares de átomos dela, de sua carne e de sua respiração, peguei meu chapéu, na tentativa de sair a fim de salvar-me. De súbito, pouco antes de alcançar a porta, passei diante do grande espelho do vestíbulo,[3] que ela havia colocado ali para ver-se dos pés à cabeça, todos os dias, ao sair, para verificar se toda a sua toalete[4] estava de acordo, correta e bela, das botinas ao penteado.

E parei precisamente diante desse espelho que tantas vezes havia refletido a imagem dela... Tantas vezes, tantas vezes que também devia ter guardado sua imagem.

Eu estava ali, em frente, trêmulo, os olhos fixos no vidro plano, profundo, vazio, mas que havia contido o corpo dela por inteiro, possuindo-a tanto quanto eu, tanto quanto meu olhar apaixonado. E pareceu-me que amava aquele espelho, – eu o toquei, eu o toquei, ele estava frio! Oh! A lembrança! A lembrança! O espelho doloroso, espelho abrasivo,[5] espelho vivo,

Fissura[2]: rachadura, abertura, fenda.
Vestíbulo[3]: entrada, espaço entre a porta de entrada de uma casa e a rua.
Toalete[4]: roupa, traje; aparência.
Abrasivo[5]: que causa desgaste, raspagem ou destruição.

espelho horrível, que me fez sofrer tantas torturas! Felizes os homens cujo coração é como um espelho, onde resvalam[6] e se apagam os reflexos, esquecendo tudo o que conteve, tudo o que se passou diante dele, tudo o que foi contemplado, mirado, com afeição, com amor! Que sofrimento!

Saí, e involuntariamente, e sem perceber, sem querer, dirigi-me para o cemitério. Encontrei seu túmulo simples, uma cruz de mármore com algumas palavras: "Ela amou, foi amada e morreu".

Ela estava lá embaixo, apodrecendo! Que horror! Solucei, a fronte contra o solo.

Fiquei ali por um bom tempo. Depois, percebi que a noite chegava. Então, um desejo estranho, louco, um desejo de amante desesperado apoderou-se de mim. Eu queria passar a noite perto dela, a última noite, a chorar sobre seu túmulo. Mas se fosse descoberto ali me expulsariam. Como fazer? Era preciso enganá-los. Levantei-me e comecei a andar a esmo por aquela cidade de desaparecidos. Andava. Andava. Como era pequena essa cidade ao lado da outra, aquela onde se vive! E, no entanto, como eles, os mortos, são mais numerosos que os vivos. Necessitamos de grandes casas, de ruas, de lugares para quatro gerações olharem o dia ao mesmo tempo, beber água da fonte, vinho das videiras e comer o pão dos campos.

E para todas as gerações de mortos, para toda a escala de seres que se estende por toda humanidade até chegar a nós, quase nada, um campo, quase nada! A terra lhes agarra, os recolhe, os obriga a desaparecer. Adeus!

No final do cemitério habitado, percebi de repente o cemitério abandonado, aquele onde os velhos defuntos acabam se misturando ao solo, onde as cruzes também apodrecem, onde amanhã serão lançados os recém-chegados. Um local repleto de rosas silvestres, de ciprestes[7] vigorosos e negros, um jardim triste e soberbo, nutrido pela carne humana.

Resvalar[6]: passar, tocar de leve.
Cipreste[7]: espécie de árvore e arbusto, de madeira aromática e folhas verde--escuras, que simboliza a tristeza, o luto.

Eu estava sozinho, completamente só. Agachei-me atrás de uma árvore e escondi-me por inteiro, entre seus galhos fartos e copados.

Esperei, atracado ao tronco como um náufrago aos destroços.

Quando a noite se fez escura, muito escura, deixei meu refúgio e comecei a caminhar de mansinho, a passos lentos, a passos silentes sobre aquela campina repleta de mortos.

Andei a esmo por muito tempo, muito tempo. Mas não a reencontrava. Os braços estendidos, os olhos abertos, esbarrando nos túmulos com minhas mãos, com meus pés, com meus joelhos, com meu peito, com a cabeça. Eu seguia sem encontrá-la. Tocava, tateava como um cego que procura sua rota, apalpava as pedras, as cruzes, as grades de ferro, as coroas artificiais, as coroas de flores murchas! Eu lia os nomes com os dedos, passeando-os sobre as letras. Que noite! Que noite! Eu não a encontrava!

Nada de lua! Que noite! Tinha medo, um medo terrível dentro dessas estreitas veredas, entre duas fileiras de túmulos! Túmulos à direita, à esquerda, diante de mim, atrás de mim, por toda parte, túmulos! Sentei-me sobre um deles, eu não podia mais andar, pois meus joelhos dobravam de cansaço. Sentia meu coração bater! E ouvia também outra coisa! O quê? Um ruído confuso inominável! Estaria aquele ruído em minha cabeça enlouquecida, por aquela noite impenetrável, ou sob a terra misteriosa, sob a terra semeada de cadáveres humanos? Olhei em torno de mim!

Há quanto tempo estava ali? Não sei. Estava paralisado pelo terror, estava embriagado de pavor, prestes a gritar, prestes a morrer.

De súbito, pareceu-me que a campa[8] de mármore sobre a qual estava sentado movia-se. Era ela, ela se movia, era certo, como se alguém a erguesse. De um salto joguei-me sobre o

Campa[8]: laje de túmulo, sepultura.

jazigo[9] vizinho e vi, eu vi, sim, eu vi a pedra onde estivera sentado erguer-se para a direita, e o morto apareceu, um esqueleto nu, que empurrava a laje com seu dorso[10] arqueado. Eu via, eu via muito bem, ainda que a noite fosse profunda. Sobre a cruz, pude ler:

"Aqui repousa Jacques Olivant, falecido aos 51 anos. Ele amava os seus, foi honesto e bom e morreu na paz do Senhor".

O morto também lia o que estava escrito sobre sua campa. Depois, apanhou uma pedra que estava no caminho, uma pedra pequena e pontiaguda, e começou a usá-la para raspar o que estava escrito com empenho. Ele apagava tudo lentamente, olhando com seus olhos vazios o lugar onde há pouco as palavras estavam grafadas, e com a ponta de um osso, que havia sido seu dedo indicador, escreveu com letras luminosas, como as linhas que se traçam nas paredes com a ponta de um fósforo.

"Aqui repousa Jacques Olivant, falecido aos 51 anos. Apressou a morte de seu pai com maus-tratos para usufruir sua herança. Torturou sua esposa e atormentou seus filhos, enganou seus vizinhos, roubou o quanto pôde e morreu miseravelmente".

Ao acabar de escrever, imóvel, o morto contemplou sua obra. Notei que em volta todas as catacumbas[11] estavam abertas, que todos os cadáveres haviam saído e que todos estavam apagando as mentiras escritas por seus parentes sobre a lápide, a fim de restabelecer a verdade.

E vi que todos haviam sido carrascos do próximo, vingativos, desonestos, hipócritas, mentirosos, velhacos, caluniadores, invejosos, praticado atos abomináveis, aqueles bons pais, aquelas esposas fiéis, aqueles filhos devotados, aquelas jovens castas, aqueles comerciantes íntegros e aquelas mulheres aparentemente irrepreensíveis.

Jazigo[9]: túmulo, sepultura.
Dorso[10]: costas.
Catacumba[11]: túmulo, sepultura.

Eles escreviam ao mesmo tempo, sobre o umbral[12] de sua morada eterna, a cruel, terrível e santa verdade que todos ignoram ou fingem ignorar nesta Terra.

Pensei que ela também devia ter escrito sobre seu túmulo. E agora, sem sentir medo, corri em meio aos caixões entreabertos, em meio a cadáveres, em meio a esqueletos, fui em direção a ela, certo de que logo a encontraria.

Eu a reconheci de longe, sem poder ver seu rosto, envolvido pela mortalha.[13]

E sobre a cruz de mármore onde há pouco eu havia lido: "Ela amou, foi amada e morreu," entrevi:[14]

"Tendo saído um dia para trair seu amante, ela apanhou chuva, resfriou-se e morreu".

Parece-me que fui encontrado inanimado, ao amanhecer, perto de um túmulo.

Umbral[12]: entrada.
Mortalha[13]: pano ou vestimenta com que se cobre ou veste o cadáver.
Entrever[14]: ver com dificuldade, de forma confusa ou rápida.

Aparição

Falava-se de sequestro, devido a um processo recente. Era o final de um sarau[1] íntimo, à rua Grenelle, em um antigo solar,[2] e cada um havia contado sua história, história que, se afirmava, era verdadeira.

Então, o velho marquês de La Tour-Samuel, com idade de 82 anos, levantou-se e foi apoiar-se na lareira. Disse com sua voz um pouco trêmula:

– Eu também, também presenciei uma coisa estranha, tão estranha, que isso tem sido a obsessão da minha vida. Faz agora 56 anos que esta aventura me aconteceu, e, desde então, não se passa um mês sem que eu a reveja em sonho. Uma marca permaneceu desde aquele dia, uma impressão de medo, compreendem? Sim, experimentei um assombro terrificante durante dez minutos, de tal maneira que, desde aquele momento, uma espécie de terror constante permanece em minha alma. Os ruídos inesperados fazem-me arrepiar até o coração; os objetos que mal se distinguem na sombra da noite me dão um desejo louco de fugir. Tenho medo da noite, enfim.

Oh! Jamais teria falado sobre esse acontecimento antes de chegar à idade em que estou. No momento, posso dizer tudo. É permitido não ser corajoso diante dos perigos imaginários quando já se tem 82 anos. Diante dos perigos reais eu jamais recuei, minhas senhoras.

Esta história conturbou[3] completamente meu espírito e lançou-me em uma agitação tão profunda, tão misteriosa, tão apavorante, que jamais consegui contá-la. Guardei-a no meu íntimo, naquele lugar recôndito[4] onde se escondem os segredos penosos, os segredos vergonhosos, todas as invioláveis fraquezas adquiridas em nossa existência.

Contarei a aventura tal como ela ocorreu, sem tentar explicá-la. É bem provável que seja explicável, a menos que

Sarau[1]: reunião festiva, geralmente noturna, para ouvir música, ler, conversar ou dançar.
Solar[2]: castelo, mansão ou casa onde moravam as famílias nobres.
Conturbar[3]: perturbar, agitar.
Recôndito[4]: escondido, oculto; desconhecido.

tenha tido meu momento de loucura. Mas não. Eu não estava louco, e lhes darei prova disso. Imaginem o que quiserem. Eis simplesmente os fatos.

Era o ano de 1827, no mês de julho. Eu me encontrava em Rouen com as tropas do exército.

Um dia, quando passeava no cais, encontrei um homem que eu acreditava conhecer, mas não me lembrava exatamente de quem se tratava. Fiz, por instinto, menção de parar. O estranho percebeu esse gesto, olhou-me e atirou-se em meus braços.

Era um amigo da juventude de quem eu havia gostado muito. Não o via há cerca de cinco anos, e ele parecia ter envelhecido meio século. Seus cabelos estavam brancos; e ele andava arqueado, como que exausto. Ele compreendeu minha surpresa e contou-me sua vida e sobre o mal terrível que o havia quebrantado.[5]

Estivera loucamente apaixonado por uma jovem, e a desposou em uma espécie de êxtase de felicidade. Depois de um ano de bem-aventurança sobre-humana e de uma paixão implacável, ela veio a falecer subitamente de uma moléstia do coração – morreu de amor, sem dúvida.

Ele havia deixado o castelo no dia do sepultamento e passado a morar sozinho em seu solar em Rouen. Vivia ali, solitário e desesperado, corroído pela dor, tão miserável que pensava em suicídio.

"Como que o reencontrei desse modo", disse-me ele, "pedirei-lhe que me preste um grande serviço: buscar em minha casa, dentro da escrivaninha que fica no meu quarto, do nosso quarto, alguns papéis dos quais preciso com urgência. Não posso encarregar isso nem a um subalterno nem um homem de negócios, pois é necessário que haja uma impenetrável discrição e um silêncio absoluto. Quanto a mim, por nada neste mundo voltarei àquele lugar.

Quebrantado[5]:
enfraquecido, abatido.

Eu lhe darei a chave do meu quarto, que eu mesmo tranquei ao partir, e a chave da escrivaninha. Você entregará uma mensagem minha ao jardineiro, que lhe abrirá as portas do castelo. Mas venha almoçar comigo amanhã e cuidaremos disso."

Prometi prestar-lhe esse pequeno serviço. Não seria mais que um passeio para mim, sua propriedade estava localizada há apenas cinco léguas de Rouen. Cerca de uma hora a cavalo.

No dia seguinte, às 10 horas, estava na casa dele. Almoçamos juntos, mas ele não pronunciou mais que uma vintena de palavras. Pedia-me que o desculpasse; ao pensar na visita que eu faria àquele quarto, onde havia morado sua felicidade, deixava-o transtornado. Pareceu-me, com efeito, que ele estava singularmente[6] agitado, preocupado, como se um misterioso combate se travasse em sua alma.

Enfim, explicou-me exatamente o que eu deveria fazer. Era bem simples, precisava apanhar dois pacotes de cartas e um maço de papéis que estavam trancados na primeira gaveta à direita do móvel, do qual eu teria a chave. Ele acrescentou: "Não preciso pedir-lhe que não coloque neles os olhos".

Fiquei quase magoado por essas palavras e disse-lhe isso vivamente. Ele balbuciou: "Perdoe-me, sofro muito".

E começou a chorar.

Deixei-o por volta da uma hora para cumprir minha missão.

Fazia um tempo radioso, eu ia a trotes rápidos atravessando as pradarias, ouvindo o canto das cotovias e o barulho ritmado do meu sabre[7] batendo na bota.

Assim que entrei na floresta, diminuí o passo da marcha. Os ramos das árvores acariciavam meu rosto e, às vezes, colhia uma folha com os dentes e a mascava avidamente, com aquela alegria de viver que nos invade, não se sabe bem

Singularmente[6]: especialmente, particularmente.
Sabre[7]: espada curta e afiada de um só lado.

por quê, uma felicidade tumultuada e insaciável, uma certa embriaguez de força.

Ao aproximar-me do castelo, procurei no bolso a carta que deveria entregar ao jardineiro, e percebi estarrecido que ela estava lacrada. Fiquei tão surpreso e indignado que quase voltei sem desempenhar minha missão. Depois supus que assim agindo mostraria apenas uma susceptibilidade[8] de mau gosto. Meu amigo poderia ter fechado a carta sem se dar conta, devido ao estado confuso em que se encontrava.[*]

O solar parecia abandonado há mais de vinte anos, a cancela[9] aberta e apodrecida, não sei como se mantinha de pé. A erva invadia as entradas, não se distinguia mais os canteiros da relva.

Ao barulho que fiz ao bater com o pé no postigo,[10] um velho saiu de uma porta ao lado e pareceu espantado ao ver-me. Saltei do cavalo e entreguei-lhe a carta. Ele a leu, releu, dobrou-a e, olhando-me de soslaio,[11] meteu o papel no bolso. Pronunciou:

"Bem! Então, o que o senhor deseja?"

Respondi bruscamente:

"O senhor deve sabê-lo, pois já recebeu ordens do seu patrão: quero entrar no castelo".

Ele pareceu aterrorizado e declarou:

"Então, o senhor vai entrar no... no... quarto dele?"

Comecei a impacientar-me.

"Era só o que faltava! Será que o senhor por acaso tem a intenção de interrogar-me?"

Ele balbucia.

"Não, senhor... mas... é que... é que ele não foi aberto depois... depois... da morte. Se o senhor puder esperar por cinco minutos, eu vou, vou, vou ver se..."

Eu o interrompi com cólera:

Susceptibilidade[8]: sensibilidade.
Cancela[9]: portão de grade, geralmente comprido e baixo.
Postigo[10]: pequena porta aberta em muralhas ou fortificações.
Soslaio[11]: de lado, de modo atravessado.
[*] As regras de etiqueta ditam não ser educado lacrar uma carta quando ela será entregue em mãos. Isso explica a indignação do narrador da história. (N.T.)

"Ah! Vejamos, o senhor está zombando de mim. O senhor não poderia entrar lá, pois a chave está comigo".

Ele não sabia mais o que dizer.

"Então, senhor, vou mostrar-lhe o caminho".

"Mostre-me a escada e deixe-me só. Eu encontrarei o quarto sem sua ajuda."

"Mas... senhor... pode ser..."

Desta feita, irritei-me de fato:

"Ora, cale-se! Ou terei de fazê-lo calar-se?"

Empurrei-o com violência e entrei na casa.

Primeiro atravessei a cozinha, depois duas pequenas peças onde aquele homem habitava com sua mulher. Transpus em seguida um grande vestíbulo, subi as escadas e reconheci a porta indicada por meu amigo.

Eu a abri sem esforço e entrei.

O aposento estava tão sombrio que não distingui nada ao entrar. Parei, ao sentir aquele odor bolorento[12] e insípido[13] das peças inabitadas e condenadas, os quartos dos mortos. Depois, pouco a pouco, meus olhos se habituaram à escuridão e vi com bastante nitidez a grande peça em desordem, uma cama sem lençol, mas guarnecida de colchão e travesseiros, e um deles tinha a marca profunda de um cotovelo ou de uma cabeça, como se alguém tivesse repousado sobre ele há pouco.

As poltronas pareciam em desordem. Notei que uma porta, a de um armário sem dúvida, estava entreaberta.

Dirigi-me à janela para deixar o dia entrar e abri a vidraça, mas as ferragens dos contraventos[14] estavam de tal forma enferrujadas que não pude fazê-las ceder. Tentei quebrá-las com meu sabre, sem resultado. Como me irritasse com esses esforços inúteis, e como meus olhos estivessem enfim perfeitamente acostumados à escuridão, desisti da ideia de enxergar com mais clareza e dirigi-me à escrivaninha.

Bolorento[12]: embolorado, mofado.
Insípido[13]: sem graça, monótono.
Contravento[14]: painel de madeira colocado exteriormente sobre as vidraças de uma janela, para protegê-las do vento ou das chuvas.

Sentei-me em uma poltrona, levantei a corrediça[15] de madeira e abri a gaveta indicada. Ela estava repleta de papéis até a borda. Meu amigo não havia me pedido mais que três pacotes, que saberia reconhecer, e pus-me a procurá-los.

Eu arregalava os olhos para decifrar as subscrições,[16] quando julguei ouvir, ou melhor sentir, um ruge-ruge[17] atrás de mim. Não me exaltei, pensando que uma corrente de ar deveria ter feito ranger algum tecido. Mas, ao cabo de um minuto, outro movimento, quase imperceptível, fez um pequeno calafrio singular e desagradável percorrer toda minha pele. Era tão estúpido estar minimamente impressionado, que não valia a pena virar-me, teria vergonha de mim mesmo. Havia, então, acabado de encontrar o segundo pacote e alcançava justamente o terceiro quando um grande e doloroso suspiro foi lançado sobre meus ombros; isso me fez saltar como um louco, indo parar a dois metros de onde me encontrava. No ímpeto,[18] virei-me e levei a mão ao cabo do sabre, certo de que se não o tivesse sentido ao meu lado, teria fugido como um covarde.

Uma mulher alta, vestida de branco, de pé atrás da poltrona onde eu estivera sentado segundos antes, olhava-me.

Tamanha era a agitação que percorria meus membros que quase caí para trás! Oh! Ninguém pode compreender, a menos que já o tenha sentido, esse apavorante e estúpido terror em que a alma afunda-se, não se sente mais o coração, o corpo inteiro amolece como uma esponja, diria que todo o interior desmorona.

Eu não acredito em fantasmas, e bem! Desfaleci sob o hediondo medo dos mortos, e eu sofri, oh! Sofri em alguns instantes, mais do que por todo o resto de minha vida, a angústia insuportável do apavorante sobrenatural.

Se ela não tivesse falado, pode ser que tivesse morrido! Mas ela falou, falou com uma voz doce e dolorosa que fazia

Corrediça[15]: encaixe ou armação, sobre a qual se move uma tampa.
Subscrição[16]: assinatura posta em cartas ou documentos.
Ruge-ruge[17]: sussurro; ruído de saia que se arrasta pelo chão ou de coisa que range.
Ímpeto[18]: impulso.

vibrar meus nervos. Não ousarei dizer que voltei a ser dono de mim e que recuperei minha razão. Não. Eu estava perdido e não sabia mais o que fazer, mas esta espécie de altivez[19] que carrego comigo, um pouco de orgulho, próprio da posição, também me faziam manter, embora contra a vontade, uma postura honrável. Eu posava de corajoso para mim e para ela, fosse mulher ou espectro. E só me dei conta de tudo isso mais tarde. Pois lhes asseguro que, naquele instante da aparição, eu não pensava em nada. Tinha medo.

Ela disse:

"Oh! Senhor, o senhor poderia me prestar um grande serviço!"

Eu queria responder, mas me era impossível pronunciar uma palavra sequer. Um ruído vago saiu de minha garganta.

Ela continuou:

"O senhor quer? O senhor poderá me salvar, me curar de um grande mal. Eu sofro enormemente. Eu sofro, oh! Eu sofro!"

Ela sentou-se delicadamente na poltrona. Olhava-me.

"O senhor quer?"

Fiz "sim" com um meneio[20] de cabeça, tinha ainda a voz paralisada.

Então, ela me estendeu um pente de tartaruga e murmurou:

"Penteie meus cabelos, oh! Penteie-me, isso me fará bem, é preciso que alguém me penteie. Olhe para minha cabeça... Como eu sofro, e meus cabelos, como eles me maltratam."

Seus cabelos soltos, muito longos, muito negros, caiam pelo espaldar da poltrona e tocavam o chão.

Por que fiz aquilo? Por que recebi, tremendo, aquele pente e porque tomei nas mãos aquelas longas mechas de ca-

Altivez[19]: amor-próprio, dignidade.
Meneio[20]: balanço, aceno.

belo, que davam ao toque uma sensação de frio atroz,[21] como se estivesse manuseando[22] serpentes? Nunca saberei dizer.

Aquela sensação, eu a sinto ainda em meus dedos e me arrepio só ao recordá-la.

E eu a penteei. Eu manuseei, não sei como, aquela cabeleira gélida. Eu a enrolei, desembaracei e a trancei, como se trançam as crinas de um cavalo. Ela suspirava, tombava a cabeça, parecia feliz.

De súbito, disse-me:

"Obrigada!", e arrancou o pente de minhas mãos e fugiu pela porta que eu vira entreaberta.

Sozinho, fiquei ali durante alguns segundos, como ficamos ao despertar depois de pesadelos. Depois recobrei, enfim, os sentidos, corri à janela e quebrei os contraventos com um soco furioso.

Uma torrente de luz entrou. Alcancei a porta por onde aquele ser havia saído. Ela estava fechada e inabalável.

Então, uma sede de fuga invadiu-me, um pânico, o verdadeiro pânico das batalhas. Apanhei bruscamente os três pacotes sobre a escrivaninha aberta e atravessei o aposento correndo, saltei os degraus da escada de quatro em quatro, e saí para fora não sei exatamente por onde, e percebendo meu cavalo a dez passos de mim, montei-o de um salto e parti a galope.

Só fui parar em Rouen, no meu alojamento. Tendo entregado o cavalo selado ao ordenança,[23] entrei no quarto, onde tranquei-me para refletir.

Então, durante uma hora, perguntei-me ansiosamente se havia sido joguete de uma alucinação. Estava certo de que havia sido tomado por uma dessas incompreensíveis agitações nervosas. Um desses descontroles do cérebro que criam os milagres e aos quais o Sobrenatural deve seu poder.

Atroz[21]: horripilante, assombroso.
Manusear[22]: pegar, manejar.
Ordenança[23]: soldado de uma repartição ou do serviço pessoal de uma autoridade militar, a quem acompanha durante as horas de expediente.

E comecei a acreditar que aquilo de fato fora uma visão, um erro dos meus sentidos, quando, ao me aproximar da janela, meus olhos, por acaso, desceram sobre meu peito. Meu dólmã[24] estava repleto de longos fios de cabelo de mulher, enroscados nos botões!

Eu os tirei um a um e os joguei para fora com os dedos trêmulos.

Depois, chamei o ordenança. Sentia-me muito abalado, muito confuso, para ir pessoalmente à casa do meu amigo. Além disso, eu queria refletir com calma sobre o que lhe diria.

Mandei entregar-lhe as cartas, ele enviou-me um recibo pelo soldado. Queria muito saber a meu respeito. Disseram-lhe que eu estava adoentado, que havia apanhado muito sol, ou algo assim. Ele pareceu preocupado.

Dirigi-me à casa dele no dia seguinte, de madrugada, resolvido a lhe dizer a verdade. Ele havia partido na véspera, assim que anoiteceu, e não havia retornado.

Voltei outros dias, ninguém o tinha visto. Esperei por uma semana, ele não reapareceu. Então, avisei às autoridades. Procuraram-no por toda parte, sem descobrir um rastro de sua estada ou de seu desaparecimento.

Uma revista minuciosa foi feita no castelo abandonado. Não se descobriu nada de suspeito.

Nenhum indício revelou que uma mulher pudesse ter se escondido ali.

A investigação não deu em absolutamente nada, as buscas foram interrompidas.

E, 56 anos depois, ainda não tenho nada a acrescentar. Eu não sei de mais nada.

Dólmã[24]: casaco de uniforme militar.

A MÃO ESFOLADA

Há cerca de oito meses, um de meus amigos, Louis R., reuniu numa noite alguns camaradas, e bebemos ponche, fumamos, discutimos sobre literatura, pintura e contamos, ao sabor da vontade, algumas pilhérias,[1] como é comum nas reuniões de rapazes. De repente, a porta se abre de par em par e um de meus bons amigos de infância entra como um furacão.

– Adivinhem de onde venho! – exclamou em seguida.

– Aposto que de "Mabille"[2] – responde um.

– Não, com essa alegria, acabou de pedir dinheiro emprestado, de enterrar seu tio ou colocou seu relógio no penhor – retrucou outro.

– Acabou de sair de uma bebedeira – revida um terceiro – e como sentiu o cheiro do ponche na casa de Louis, subiu para recomeçar a beber.

– Estão longe da verdade. Venho de P., na Normandia, onde passei oito dias e de onde trago um grande criminoso, meus amigos, que peço a permissão para lhes apresentar.

Ao dizer essas palavras, tirou do bolso uma mão esfolada; uma mão horrenda, negra, seca, muito longa e enrugada; os músculos, de uma força extraordinária, estavam retidos para dentro e presos por fora com uma correia de pele apergaminhada;[3] as unhas amarelas, estreitas, ainda estavam nas pontas dos dedos; tudo ali fedia a celerado[4] a uma légua de distância.

– Imaginem vocês – disse meu amigo – que outro dia venderam-me os espólios[5] de um velho bruxo, bastante conhecido na região, que realizava aos sábados, montado em um cabo de vassoura, suas bruxarias, praticava magia branca e negra, dava a suas vacas leite azul e as fazia mexer a cauda como as que acompanhavam Santo Antão.[6] O velho patife sempre teve

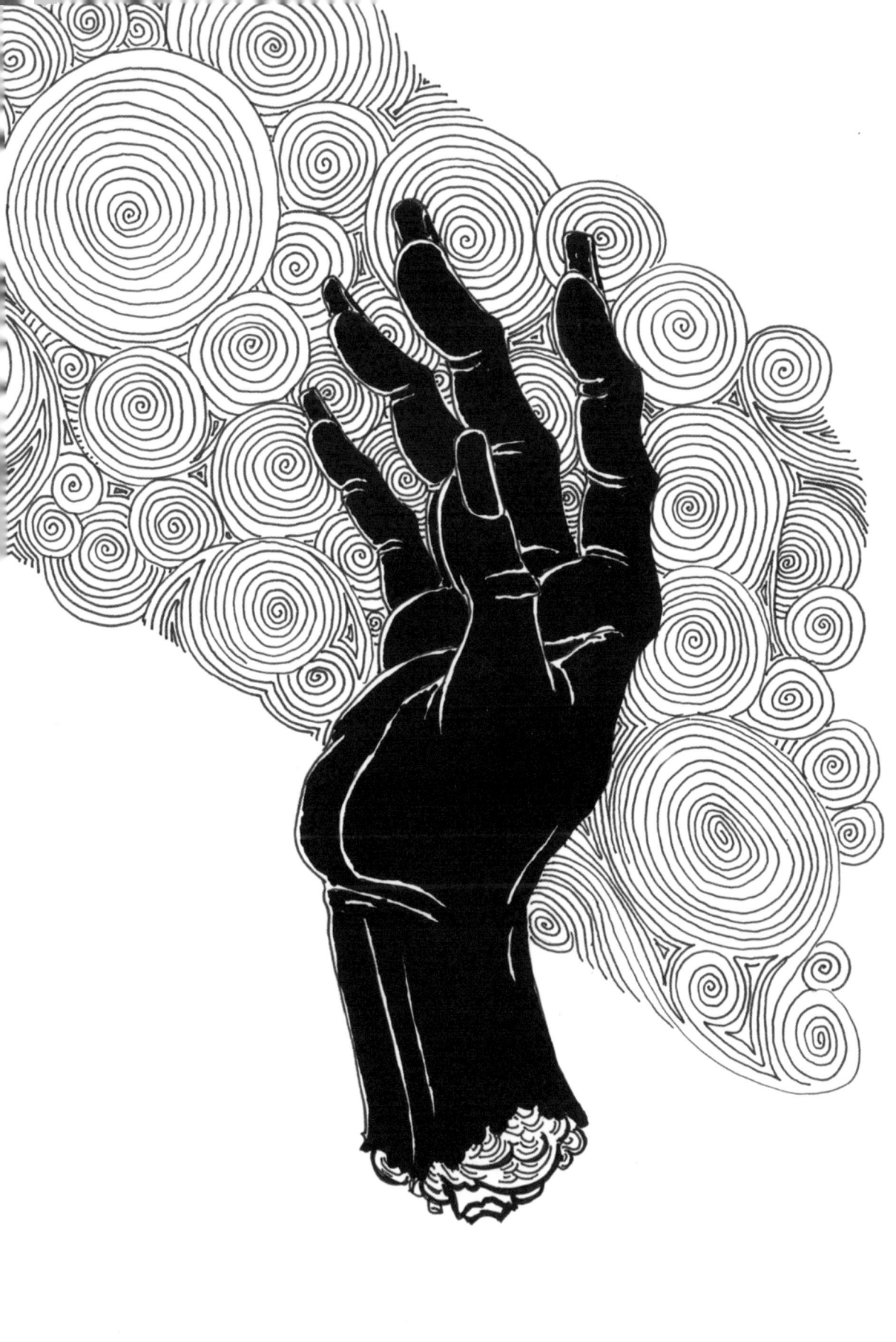

grande afeição por essa mão, que, dizia ele, pertencera a um célebre criminoso supliciado[7] em 1736, por haver jogado sua legítima esposa de cabeça para baixo em um poço, no que, se não me engano, tinha razão, e pendurar, em seguida, no campanário da igreja, o pároco que os havia casado. Depois dessa dupla façanha, se pôs a correr o mundo, e em sua curta mas fecunda jornada, roubou doze viajantes, asfixiou uma vintena de monges em um convento de religiosos e transformou um monastério em prostíbulo.

— Mas o que você pretende fazer com essa coisa horrível — inquirimos.

— Ah, pois bem, eu a usarei no botão da campainha, para assustar os credores.

— Meu amigo — disse Henri Smith, um grande inglês bastante fleumático[8] —, creio que esta mão é simplesmente carne indiana, conservada por algum procedimento novo; meu conselho é que seja usada em um caldo.

— Não escarneçam,[9] senhores — retrucou com grande sangue-frio um estudante de medicina, três quartos grisalho. — E tu, Pierre, aconselho-te a mandar enterrar de maneira cristã esses restos humanos, estou certo de que o proprietário virá reclamá-los; e depois, essa mão pode ter aprendido maus hábitos, pois é como diz o ditado: "Quem matou, matará".

— E quem bebeu, beberá — acrescentou o anfitrião, ao oferecer ao estudante um grande copo de ponche, que o outro sorveu de um só trago e tombou bêbado sob a mesa. Essa brincadeira foi acolhida por risadas formidáveis e Pierre ergueu seu copo para brindar à mão:

— Eu bebo — disse ele — à próxima visita do seu dono.

Depois falou-se de outras coisas e cada um voltou para sua casa.

No dia seguinte, como passasse diante da porta de Pierre, entrei em sua casa, era por volta das 2 horas. Encontrei-o lendo e fumando.

Supliciado[7]: torturado.
Fleumático[8]: indiferente, frio, sem emoção.
Escarnecer[9]: caçoar, zombar.

– Como vai? – perguntei.

– Muito bem – respondeu-me ele.

– E a mão?

– Minha mão? Você deve tê-la visto na campainha da porta, onde a coloquei ontem à noite, quando cheguei. A propósito, imagine só que, sem dúvida para pregar-me uma peça, tocaram em minha porta por volta da meia-noite; perguntei quem era, e como ninguém me respondesse, deitei-me novamente e adormeci. Nesse momento, alguém tocou, era o proprietário, homem grosseiro e impertinente.[10] Entrou sem cumprimentar ninguém.

"Senhor", disse ele ao meu amigo, "exijo que tire imediatamente aquela carniça que está pendurada no cordão da campainha; do contrário, serei forçado a despejá-lo."

"Senhor", respondeu Pierre com bastante gravidade, "o senhor insulta a mão, ela não merece isso. Saiba que ela pertenceu a um homem valente e elevado."

O proprietário girou sobre os calcanhares e saiu como entrara. Pierre seguiu-o, retirou a mão e prendeu-a na campainha; suspensa em sua alcova.[11]

"Aqui está melhor", disse ele. "Como dizem os trapistas[12]: 'Irmão, é necessário morrer'. Esta mão me dará pensamentos sérios todas as noites ao dormir."

Ao final de uma hora, deixei-o e voltei para casa.

Dormi mal naquela noite, estava agitado, nervoso, levantei-me inúmeras vezes. Em certo momento, pareceu-me que um homem havia se introduzido em minha casa; levantei-me para revistar meus armários e embaixo de minha cama. Enfim, por volta das 6 horas da manhã, quando finalmente começava a adormecer, tocaram em minha porta com violência, fazendo-me pular da cama. Era o criado de meu amigo, vestido com desalinho, pálido e trêmulo.

"Ah senhor", exclamou soluçando, "meu pobre patrão foi assassinado."

Impertinente[10]: malcriado, rabugento.
Alcova[11]: quarto, dormitório.
Trapistas[12]: relativo à ordem religiosa de trapa, ramificação beneditina, fundada em 1140.

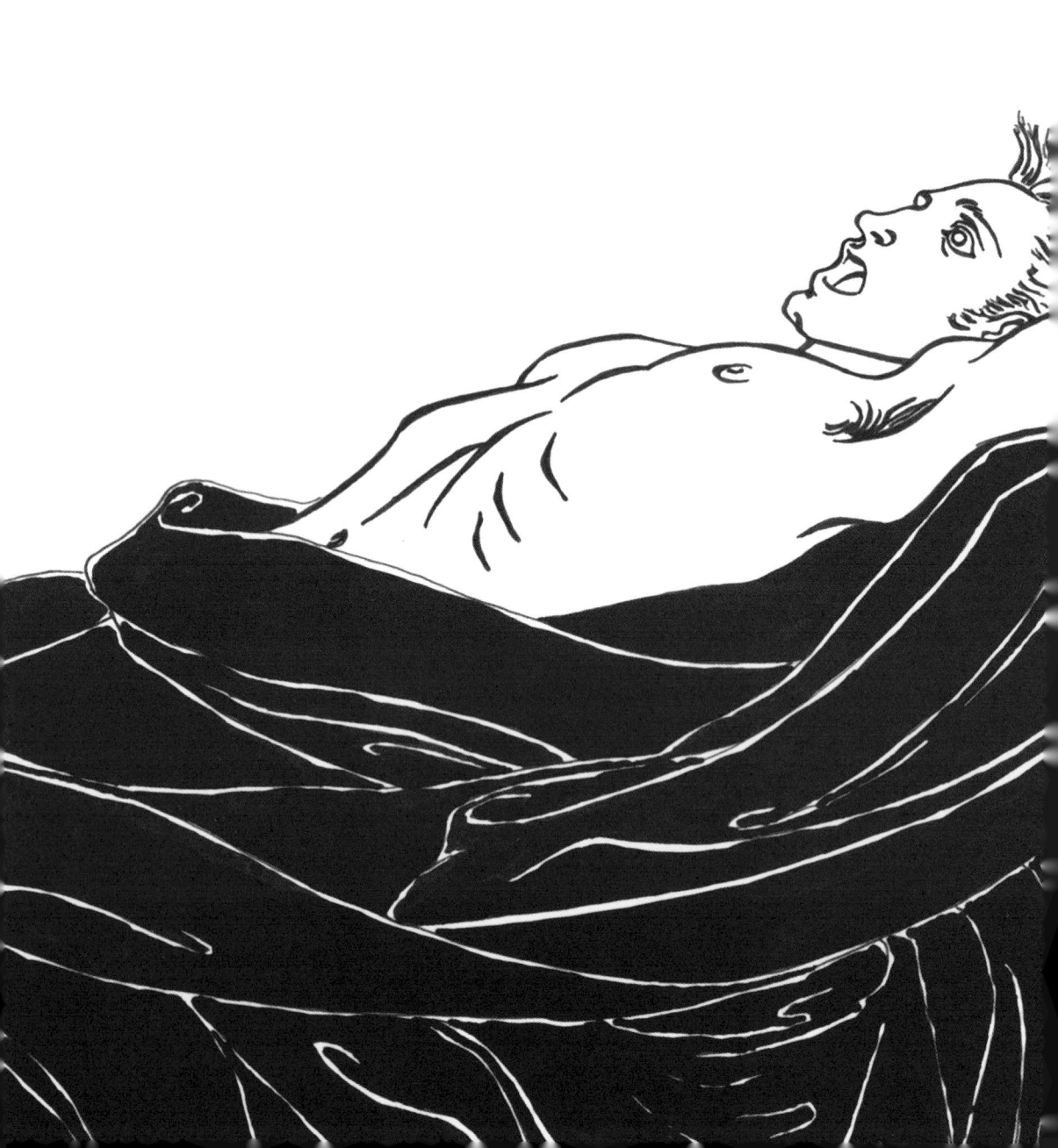

Vesti-me às pressas e corri à casa de Pierre. O local estava cheio de gente, discutia-se, agitava-se, era um movimento incessante, cada qual matraqueava, contava e comentava o acontecimento à sua maneira.

Alcancei o quarto com dificuldade. A porta estava sendo vigiada. Dei meu nome, deixaram-me entrar. Quatro agentes de polícia estavam de pé no meio do quarto, com uma caderneta de notas na mão, e examinavam, falavam baixo e, de vez em quando, escreviam. Dois médicos conversavam próximos à cama, sobre a qual Pierre estava estendido inconsciente. Ele não estava morto, mas tinha um aspecto horrível. Seus olhos estavam demasiadamente abertos, as pupilas dilatadas pareciam olhar fixamente para alguma coisa indescritivelmente apavorante, algo horrível e incomum; seus dedos estavam crispados; seu corpo, desde o queixo, estava coberto por um lençol, que levantei. Ele tinha no pescoço a marca de cinco dedos, como se tivessem sido profundamente cravados em sua carne, algumas gotas de sangue maculavam[13] sua camisa. Neste momento, olho, por acaso, para a campainha da alcova, e me surpreendo: a mão esfolada não estava lá. Os médicos deviam tê-la retirado dali para não impressionar as pessoas que entrassem no quarto do ferido, pois aquela mão era realmente apavorante. Mas não perguntei sobre o que haviam feito dela.

Recorto, agora, de um jornal do dia seguinte, a notícia com a descrição do crime com todos os detalhes que a polícia pôde encontrar. Podia-se ler:

"Um terrível atentado foi cometido ontem contra o jovem M. Pierre B., estudante de Direito, que pertence a uma das melhores famílias da Normandia. Este jovem voltou para casa por volta das 10 horas da noite, e dispensou seu criado, o senhor Bouvin, dizendo-lhe que estava cansado e que ia deitar-se. Por volta da meia-noite, este homem foi acordado subitamente pelo toque da campainha do patrão, agitada com furor.

Macular[13]: manchar, sujar.

Com medo, acendeu a luz e esperou. A campainha cessou por cerca de um minuto e o toque repetiu-se com tal vigor que o criado, apavorado, precipitou-se de seu quarto para acordar o porteiro, que, por sua vez, correu para advertir a polícia. Um bom quarto de hora depois, dois agentes arrombaram a porta. Um espetáculo horrível apresentou-se aos olhos deles: os móveis tinham sido derrubados, tudo indicava que uma luta terrível havia sido travada entre a vítima e o malfeitor. No meio do quarto, de costas, os membros hirtos,[14] a face pálida e os olhos esbugalhados,[15] o jovem Pierre B... estava prostrado,[16] sem movimento, tinha no pescoço as marcas profundas de cinco dedos. De acordo com o dr. Bourdeau, chamado imediatamente, o agressor devia ser dotado de força prodigiosa[17] e ter uma mão excepcionalmente magra e nervosa, pois as marcas de dedos deixadas no pescoço, que lembravam furos de balas, quase atravessaram a carne. Não há indícios[18] sobre o motivo do crime, nem quem pode ter sido o autor dele, informou a justiça".

No dia seguinte, li-se no mesmo jornal:

"M. Pierre B..., a vítima do terrível atentado que noticiamos ontem, recuperou a consciência duas horas depois de assistido pelo dr. Bourdeau. Sua vida não corre mais perigo, mas teme-se por sua razão. Não há nenhum vestígio[19] do culpado".

De fato, meu pobre amigo enlouqueceu. Durante sete meses, ia visitá-lo todos os dias no hospício, onde estava internado, mas ele não apresentava nem um fio de razão. Em seu delírio, deixava escapar palavras estranhas; como todos os loucos, tinha uma ideia fixa, acreditava ser perseguido por um espectro. Um dia, procuraram-me com toda pressa e disseram-me que ele havia piorado; encontrei-o em grande agonia. Durante duas horas esteve calmo; de súbito levantou-se da cama, apesar de meus esforços para detê-lo, e gritou

Hirto[14]: imóvel, duro.
Esbugalhado[15]: muito aberto, arregalado.
Prostrado[16]: sem forças, derrubado.
Prodigioso[17]: sobrenatural, fantástico, admirável.
Indício[18]: sinal, traço, indicação.
Vestígio[19]: indício, sinal, traço.

agitando os braços como se estivesse sendo tomado por um terror apavorante: "Prendam-no, prendam-no. Ele está me estrangulando, socorro!, socorro!". Ele circulou duas vezes pelo quarto berrando apavorado, depois caiu morto, com o rosto contra o chão.

Como era órfão, encarreguei-me de conduzir seu corpo ao pequeno cemitério do vilarejo de P. na Normandia, onde seus pais tinham sido sepultados. Era deste mesmo vilarejo que ele vinha, àquela noite em que nos encontramos para beber ponche na casa de Louis R. e onde ele nos apresentou a mão esfolada. Seu corpo foi trancado em uma urna de chumbo, e, quatro dias depois, passeava desolado com o velho pároco, que lhe havia dado suas primeiras lições, pelo pequeno cemitério onde cavariam sua sepultura. O tempo estava magnífico, o céu todo azul resplandecia de luz; os pássaros cantavam nas silvas[20] das escarpas,[21] onde tantas vezes, quando crianças, nós dois vínhamos comer amora. Tive a impressão de vê-lo ainda seguir ao longo da sebe[22] e entrar por um pequeno buraco que eu conhecia muito bem, lá embaixo, no fundo do terreno, onde os pobres eram enterrados, e por onde nós voltávamos para casa, com o queixo e os lábios escurecidos pelo sumo das frutas que havíamos comido. Olhei para as silvas cobertas de amoras, maquinalmente peguei uma e levei-a a boca; o pároco tinha aberto o breviário[23] e murmurava baixinho seus "oremus", eu ouvia a batida das enxadas dos coveiros que abriam a cova. De repente nos chamaram, o pároco fechou seu breviário e fomos ver o que queriam. Haviam encontrado um caixão. Com o golpe de uma pá fizeram a tampa saltar, e vimos um esqueleto desmesuradamente[24] comprido, deitado sobre o dorso; seus olhos encovados pareciam ainda nos olhar e nos desafiar. Isso provocou em mim um grande mal-estar e não sei por que tive medo.

Silva[20]: floresta.
Escarpa[21]: penhasco, encosta.
Sebe[22]: cerca de plantas ou arbustos.
Breviário[23]: livro que reúne orações.
Desmesuradamente[24]: exageradamente.

– Olha! – exclamou um dos homens. – Olhem ali, o patife teve o pulso cortado, vejam a mão. – E apontou para o lado do corpo, onde se via uma grande mão seca.

– Veja – disse o outro –, eu diria que ele te olha e vai saltar em sua garganta para tê-la de volta.

– Vamos, meus amigos, deixemos os mortos em paz, fechem o caixão, cavemos em outro lugar a sepultura do pobre senhor Pierre.

No dia seguinte, tudo estava acabado e tomei o caminho de volta para Paris, depois de ter deixado 50 francos ao velho pároco para que celebrasse missas para o repouso da alma daquele cuja sepultura tinham violado.

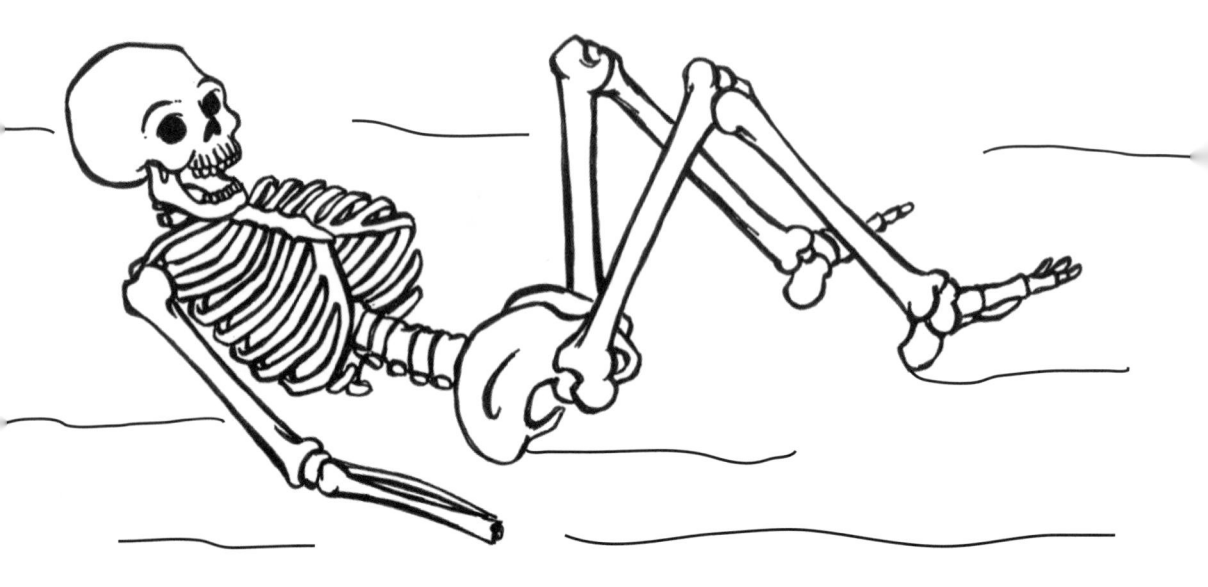

ANOS DE FORMAÇÃO

Henry René Albert Guy de Maupassant nasceu em 5 de agosto de 1850. Alguns biógrafos alegam que foi em Fécamp, na Normandia, outros declaram que foi no castelo de Miromesnil, perto de Dieppe.

Sua mãe, Laure Le Poittevin, pertencia a uma família da burguesia Normanda, e era irmã de um dos amigos do grande escritor Gustave Flaubert, fato que teve grande importância na produção de Maupassant, como veremos mais adiante. Seu pai, Gustave de Maupassant, descendia de uma família de nobres.

As brigas constantes entre os pais eram presenciadas por Guy e seu irmão Henry, seis anos mais jovem. A separação do casal era inevitável, o que ocorreu quando Maupassant tinha 12 anos. Laure mudou-se com os filhos para Étretat e se encarregou da educação deles.

Étretat, região francesa onde Maupassant passou parte de sua adolescência e juventude, famosa pela beleza de suas praias.

Após estudar por um ano no Liceu Imperial Napoleão, em Paris, Maupassant foi matriculado no Instituto eclesiástico de Yvetot, em 1863. Estudante aplicado, tinha também verdadeira paixão pela água, tanto que ao completar 14 anos foi presenteado pela mãe com um barco.

Em 1866, durante suas férias em Étretat, salvou de um afogamento o escritor inglês Charles Swinburne, que o convidou a acompanhá-lo até a casa que dividia com o amigo Powel, famoso por seus hábitos excêntricos. É neste lugar que o jovem Maupassant vê uma mão dissecada, que o inspiraria a escrever o conto "A mão esfolada", incluído nesta seleção.

No ano de 1868, Maupassant passa a estudar no Liceu de Rouen e, a pedido Laure, Flaubert aceita recebê-lo em sua casa. O grande romancista é rigoroso nas apreciações que faz da produção literária de Maupassant. Orienta e acompanha os esforços do jovem escritor, mas exige que ele só comece a publicar seus textos quando sua escrita estiver madura. É nessas visitas a Croisset, nome da propriedade de Flaubert, que Maupassant tem a oportunidade de conhecer outros grandes escritores da época, como Émile Zola, Huysmans, Daudet e Tourgueniev.

Gustave Flaubert (1821-1880) foi o grande representante do realismo francês e é considerado um dos maiores escritores do Ocidente. Filho de um médico, nasceu e cresceu em Rouen, ao lado do hospital onde o pai trabalhava. Mudou-se para Paris, a fim de estudar Direito, como era de se esperar de um jovem burguês de sua época, mas rebela-se contra esse propósito e, logo depois da morte do pai, em 1843, volta para Croisset, nas proximidades de Rouen, para dedicar-se à carreira de escritor, interrompida 34 anos depois por uma apoplexia fatal.

As seguintes palavras de Émile Zola sobre Flaubert explicam bem porque o mestre foi tão rígido quando se encarregou da orientação literária de Maupassant:

"Quando escreve, não sacrifica sequer uma palavra à pressa do momento; quer se sentir apoiado de todos os lados, apoiar os pés sobre um terreno que conhece com profundidade, avançar como senhor no meio de um país conquistado. E tamanha probidade literária vem desse desejo ardente de perfeição, que é em suma toda a sua personalidade."[*]

Dentre suas obras mais conhecidas no Brasil estão os romances *Madame Bovary* e *A educação sentimental*.

[*]Émile Zola. *Do romance*. São Paulo: Edusp, 1995, p. 102.

Em 1869, Maupassant matricula-se na faculdade de Direito de Paris, mas, no ano seguinte, eclode a guerra franco-prussiana e o jovem é obrigado a servir o exército em Rouen. A experiência brutal da guerra o marcará para sempre e será tema de várias de suas histórias.

Ingressa no Ministério da Marinha em 1872, onde permanecerá por seis anos. Nesse período, dedica-se também à canoagem. No final de 1878, é aceito no Ministério de Instrução Pública. É neste ano que seus primeiros problemas de saúde começam a se manifestar, tanto os neurológicos quanto os sintomas da sífilis, contraída possivelmente dois anos antes.

Retrato de Maupassant, feito por J. B. Guth.

UMA PRODUÇÃO INTENSA

O ano de 1880 é marcante para a vida do escritor. Os problemas oculares, em decorrência da sífilis, no caso uma paralisia do olho esquerdo, começaram a aparecer. Mas foi também neste ano que publicou seu primeiro texto em livro, a novela *Bola de Sebo*, a convite de Zola, que organizara uma antologia reunindo narrativas sobre a guerra. O sucesso foi imediato, e, com a concordância de Flaubert, Maupassant pede demissão no Ministério de Instrução para dedicar-se exclusivamente à literatura. É em maio

Aquarela do artista F. Thévenot, feita em 1897, representando a protagonista da novela *Bola de sebo*.

Os contos "Carta de um louco", "O Horla", "A mão esfolada", e muitas outras narrativas de Maupassant são ambientadas em Rouen, na Normandia. Foto de 1895, mostra mercado de Trépot, na Normandia.

deste mesmo ano que morre o autor de *Madame Bovary*. Um choque terrível para Maupassant. "Foi como se a solidão se instalasse em torno de mim", disse sobre esse triste acontecimento.

Começa, então, sua década de maior produção. Durante os anos 1880 e 1890 Maupassant escreve com furor. Dedica-se exclusivamente a escrever e vai progressivamente abandonando o trabalho que exercia como jornalista, em jornais como *Gaulais*, *Gil Blas* e *Fígaro*, nos quais também publicava seus contos, novelas, crônicas e artigos. Seu objetivo é dedicar-se à escrita de romances.

O sucesso como escritor na França foi imediato. Suas obras tinham venda garantida, só perdendo para Zola. Mas o escritor tinha também grandes despesas, pois mantinha a mãe e o irmão, ambos acometidos por frequentes crises nervosas, e sustentava financeiramente três filhos, embora nunca os tenha reconhecido legalmente.

A partir de 1891, seus problemas neurológicos e psíquicos se intensificaram. As crises nervosas da mãe e a loucura que acometera o irmão sempre o deixavam na expectativa de que o pior também poderia lhe acontecer. Além disso, os desgastes provenientes do intenso trabalho intelectual e das drogas (morfina e éter), consumidas para aliviar as nevralgias, podem, talvez, explicar a degradação de sua saúde.

Depois de uma frustrada tentativa de suicídio em Nice, onde visitara a mãe, é internado na clínica do dr. Blanche, onde morrerá em julho de 1893, com apenas 43 anos.

O CONTEXTO DA PRODUÇÃO

Maupassant escreveu sua obra numa época em que a França passava por um momento político bastante complexo. O traumatismo advindo da derrota na guerra franco-prussiana, em 1870, fazia com que o patriotismo tivesse grande espaço na vida das pessoas.

Por outro lado, as ideias científicas davam aos jovens deste período a certeza de que o homem não era o ser supremo do universo.

As teorias evolucionistas de Charles Darwin (1809-1882), difundidas na França desde 1862, a partir da tradução de sua obra *A origem das espécies* (1859), são bastante conhecidas. Nesse livro, Darwin expõe suas ideias sobre a evolução das espécies pelo processo de seleção natural, negando assim, o conceito da origem divina do homem.

Além disso, às ideias filosóficas de Schopenhauer e seu pessimismo somavam-se as desilusões próprias da época, o que dava um certo tom de ceticismo às produções do final de século.

Nos primeiros contos de Maupassant, o pessimismo determinava o tom à narrativa. Talvez porque além de ser fruto do seu tempo histórico, o escritor também enfrentou muitos dissabores durante seus anos de formação: a separação dos pais, a experiência da guerra, a derrocada financeira da família, a morte do mestre e grande amigo Flaubert, a visão lúcida do mundo que passa a ter como jornalista, as leituras de Schopenhauer, Darwin e Spencer. Todas essas experiências talvez tenham contribuído para que Maupassant tivesse do mundo uma visão bastante trágica e pessimista.

Arthur Schopenhauer (1788-1860) teve suas ideias divulgadas pela Europa a partir de 1851. Um dos princípios de seus pensamentos era baseado na máxima de que viver é sofrer. "No sistema de Schopenhauer, a vontade é a raiz metafísica do mundo e da conduta humana. Sua filosofia é, assim, profundamente pessimista, pois a vontade é concebida em seu sistema como algo sem nenhuma meta ou finalidade, um querer irracional e inconsciente. Sendo um mal inerente à existência do homem, ela gera a dor."[*] Sua obra mais conhecida é *O mundo como vontade e representação*.

Herbert Spencer (1820-1903) foi um dos grandes representantes do positivismo inglês. Para ele, a filosofia não tinha um objeto próprio, seu campo de estudo seria o conjunto, a sistematização das ciências unificadas, segundo o princípio da evolução. Ele intuiu as regras evolucionistas na natureza antes de Charles Darwin. Suas conclusões o levaram a defender a primazia do indivíduo perante o Estado e a sociedade. Spencer postulou a lei da persistência da força, segundo a qual a tendência natural de todas as coisas é, a partir da interação com as forças externas, sair da homogeneidade rumo à variedade.

[*] *Schopenhauer.* Coleção Pensadores. São Paulo: Abril, 1985, p. XI.

ALGUNS TEMAS

A narrativa fantástica já era bastante comum na produção de autores franceses românticos, principalmente influenciados pelo escritor alemão Hofmann (1776-1822) e pelo americano Edgar Alan Poe (1809-1849), do qual Baudelaire traduzira *Histórias extraordinárias*, em 1850. O fantástico pode ser encontrado na produção de outros escritores franceses do século XIX, como Nerval, Gautier e Mérimée, dentre outros

A partir de 1870, houve grande avanço nas investigações científicas, nos estudos sobre as psicopatologias e um crescente interesse pelas doenças mentais e o magnetismo, além de descobertas relativas à eletricidade e à propagação da luz. Todos esses elementos, somados a uma grande capacidade criativa, permitiram a Maupassant dar ao fantástico uma versão bastante peculiar.

Assim como os escritores franceses anteriormente citados, Maupassant certamente foi influenciado por Hoffmann e Poe, mas, sobretudo, pelo escritor russo Tourgueniev, que Guy conheceu nos famosos serões literários que aconteciam na casa de Flaubert. Pode ter sido por influência dele que passou a inserir o fantástico no real e mergulhar o leitor em uma dúvida dilacerante sobre a veracidade ou não dos fatos narrados.

Gravura representando o escritor Tourgueniev, feita por Edmond Hédouin em 1868.

MARIA VIANA

Nasci em Carangola, Minas Gerais. Na juventude, morei em Belo Horizonte, onde estudei Artes Cênicas e trabalhei como educadora. Em 1987, mudei-me para São Paulo, cidade onde ainda moro. Graduei-me em Letras (Português-Francês) na Universidade de São Paulo (USP) e fiz o mestrado no IEB (Instituto de Estudos Brasileiros da USP). Durante muitos anos, trabalhei como editora. De uns anos pra cá, tenho dedicado-me também a traduzir, organizar antologias e à criação de histórias para crianças e adultos.

Quando criança, gostava de ouvir as histórias de assombro e mistério que meu bisavô Ricardino contava à beira do fogão a lenha. Por certo, vem daí meu gosto por esse tipo de narrativa. Por isso, quando fui convidada pela DCL para selecionar e traduzir contos de Guy de Maupassant, não tive dúvidas de que o recorte seriam histórias de arrepiar, contadas por esse verdadeiro mestre do terror e suspense.

RICARDO COSTA

Vivo em São Paulo, onde nasci. Sou artista plástico e ilustro livros há um bocado de tempo. Também trabalho com o teatro e, atualmente, desenvolvo um projeto de teatro infantil.

Fiz as ilustrações deste livro com tinta nanquim, usando penas e pincéis. Me inspirei nos trabalhos de Aubrey Beardsley, ilustrador inglês contemporâneo de Maupassant.

Quando era criança, assistia muitos filmes de terror, mas tinha de ver escondido, porque minha mãe proibia.

Ilustrar os contos de Guy de Maupassant foi como inventar meu próprio filme de terror. Foi mesmo como a realização de um sonho de criança... Ou seria melhor dizer um pesadelo?!